邵毅平 著

中国文学
特别讲义

復旦大學 出版社

酒杯,浇胸中之块垒是也。纳博科夫说,好的作者与好的读者,就像两个登山者,从不同的山坡分别攀登,最终相聚在山顶,殊途同归,相拥言欢。也就是说,即便我们做不了好的作者,我们也可以做好的读者,二者都能表达自己。这就是语文的功用吧。

而那些善于表达自己的人,其实也就掌握了话语权。汉武帝的君威重于泰山,可以把司马迁碾成齑粉;司马迁的刀笔轻于鸿毛,又能把汉武帝怎么样呢?但是且慢,请问后人主要通过谁的眼睛,看先秦历史,看西汉王朝,看汉武帝时代,看汉武帝本人?还不是通过《史记》,通过《报任安书》,换言之,也就是通过司马迁的眼睛?司马迁说汉武帝是个多欲天子,汉武帝就是个多欲天子,毫无招架还嘴申诉辩解的余地;就像读了卡夫卡致乃父的信,谁还会站在卡父一边呢?谁还会在乎卡父的想法呢?所以巴尔扎克会说,拿破仑用剑做不到的,他能用笔来做到。重于泰山的其实轻于鸿毛,轻于鸿毛的其实重于泰山。这就是语文的力量了。

除了自我表达以外,"到此一游"的另一层意思,无非想要留住时间,甚至想要获得不朽。登顶的行为转瞬即逝,而直到重刷油漆之前,"到此一游"都会在那里,把那个时刻固定下来,宛如凿上姓名的碑碣。"陌上花开,可缓缓归矣。"说此话的人,听此话的人,都早已逝去,但此话传了下来,艳称千古,顺带也让我们记住了说话人和听话人。人生的时时刻刻,无论痛苦还是欢乐,都像桥下的逝水,一去永不复返,唯有我们的文字,可以把它们留住,让我们追忆似水年华。"盖文章,经国之大业,不朽之盛事。年寿有时而尽,荣乐止乎其身,二者必至之常期,未若文章之无穷。是以古之作者,寄身于翰墨,见意于篇籍,不假良史之辞,不托飞驰之势,而声名自传于后。"(曹丕《典论·论文》)——这就是语文的终极意义了!

目　　录

下独一无二的了。

说起来,所谓"到此一游"的涂鸦,其实是天下游客的通癖,在许多景点都能见到的;但科隆大教堂尖塔上的涂鸦,惟其在百米高空,其难度可想而知,惟其琳琅满目,囊括了世界各种语言,而让我深受震撼,也由此顿悟——

人人都想要表达自己!

是的,人人都想要表达自己,这就是语文的原点了。你想要表达自己吗?那你就需要语文。"某某某到此一游",这是最基本的表达,也是最基础的语文。从"某某某到此一游",到高大上的文学名著,它们都基于自我表达的需要,位于同一条语文链的两端,本质上并没有什么区别。

当然,如果仅仅停留于"到此一游",那语文程度也委实可怜了。还记得某次参观钱穆故居,在台北外双溪的东吴校园里,有位同行的小友沉吟再三,在留言簿上写下"到此一游"……这确实让人觉得美中不足。所以,如果我们不满足于"到此一游",我们就该力争上游;即使我们写不出文学作品,我们也该力争上游。我们越是努力于语文,就越是能够表达自己,也就越是会有满足感。

退一步说,也许我们能力有限,毕竟不是人人都会写作,人人都可以成为作者的。但这又有什么关系呢?那些好的作者,写出好的作品,完美地表达自己,生动地展现生活,深刻地理解人性,只要我们有同理心,只要我们有鉴赏力,我们就能通过它们,认识自己,了解别人,所谓借他人之

代　序
科隆大教堂尖塔上

学语文有什么用呢？总会有人这样问。

在谈这个问题之前，我想先说说我登科隆大教堂尖塔的经历。

那是德国的科隆，科隆大教堂是游客必到之处，其尖塔也是许多游客爱登的。那天，我也未能免俗，排在游客队伍里，吃辛吃苦，一级级一层层地往上登。

快登到塔顶时，塔身越来越收拢，空间越来越窄小，横七竖八的梁柱，越来越触手可及。这时，我突然发现了奇妙的景致——几乎所有的梁柱上，都密密麻麻地，涂满了各种语言的文句。梁柱靠外面的部分，要在上面涂鸦，肯定得爬过去，显然相当危险，但照样涂得满满的。那些涂鸦的文句，大半我并不认识，仅就我认识的而言，几乎都是一个意思：某某某到此一游！其中有一句中文的，是"某某某到此三游"——那个"三"字，三横颜色粗细不一，想必那位老兄登了三次，每次添加了一横。汉字的妙处于此毕现，真是天

第一讲
大美诗篇:《诗经》与我三千年

这里的"我",既是我,也是你,也是他和她,也就是我们大家,中华民族的每个人。《诗经》与"我"的关系,已经有了整整三千年,尽管我还没有读通它,也许你还没有读过它。《诗经》与我们每个人,是血脉相连的关系。今天我要讲的,主要就是这一点。

一、《诗经》的时代

"关关雎鸠,在河之洲。窈窕淑女,君子好逑。"这是《诗经》第一首《关雎》的第一章。诗里的男子爱上了一个美丽的姑娘,白天黑夜地想念她,追求她。先是不太顺利,于是晚上连觉也睡不着了,像烙饼那样翻来覆去。后来想出了办法,用各种音乐来取悦她。如果用"五四"时期那首著名歌曲来唱的话,就是"教我如何不想她"。

不可思议的是,这么一首现在还能朗朗上口的诗歌,竟然诞生于大约三千年前！不仅这一首，《诗经》里所有的诗歌，都诞生于大约三千年至两千五百年前。那个时候，在整个地球上，除了几大古文明以外，现在大家所知道的绝大多数国家和地区，都还处于原始蛮荒的状态；而我们的祖先，就已经在用今天我们也能懂的语言和文字，歌唱着他们的喜怒哀乐，书写着人类的普遍情感。然后，它们穿越了两三千年的岁月，来到我们的面前，依然感动着今天的我们。仔细想来，这是一件多么了不起的事情啊！

二、《诗经》的地域和作者

不仅是时间的悠久，还有血脉的相连。不像其他的古文明，走马灯似的换将，你方唱罢我登场，古代的人与现在的人，已经不是同一个民族；中华文明则一脉相传，那些唱着《关雎》的人，就是我们直接的祖先。《诗经》的十五国风，加上大小雅、周颂、鲁颂、商颂，大致产生于黄河流域中下游地区，相当于今天从陕西中南部到山东半岛一带。那是两三千年前我们的祖先主要生活的地区，他们的子子孙孙后来散布于辽阔的中华大地。

虽然《诗经》的作者都没有留下名字，身份也包含了士大夫与一般百姓，可每当我读起《诗经》里的《召南》各篇，就仿佛听见了我祖先的声音。那个与周公（旦）一起协助周成王治理天下的召公(奭)，就是我这个"邵"姓的始祖。我很喜欢读《召南》里的那首《甘棠》，里面称赞了周宣王时的召伯(虎)，他在召氏领地留下了美好的名声，当地人用这首诗歌来怀念和赞美他。我以有这样的祖先而自豪。《诗经》让我与祖先心灵相通。

《诗经》里当然不仅有我的祖先，也有你的他的我们大家的祖先。世界上其他地区的人，当他们回顾古文明的时候，其实很难做到这一点。

三、《诗经》的编纂和地位

作为我国的第一部诗歌总集，《诗经》大约编纂于两千五百年前，收入此前五百年间的诗歌。编纂者历来都认为是孔子，他在以前乐官整理的基础上，在三千多首诗歌中，披沙拣金，整理出了三百零五首，排定了风、雅、颂的顺序，形成了我们今天所看到的样子。

最初的书名是《诗》或《诗三百》，汉代学者把它奉为经典，开始称它为《诗经》。汉代以前位于"三经"(《诗》《书》《易》)、"六艺"(《诗》《书》《礼》《乐》《易》《春秋》)、"五经"(《诗》《书》《礼》《易》《春秋》)之首，汉代以后位于"五经""七经""九经""十一经""十三经"之第三位(《易》《书》《诗》……)。

四、《诗经》的性质

在人类文明史上，可以与《诗经》相媲美的，大概也只有古希腊的荷马史诗了。可是它们是那么的不同，显示了两大古文明的差异。荷马史诗是长篇累牍讲故事的诗，而《诗经》则大多是短小的抒情诗。中国有"诗的国度"的美誉，唐诗、宋词是皇冠上的明珠，而其源头就是《诗经》。

中西方两大诗歌源头，不仅形式体制不一样，价值观也迥然不同。比如，《诗经》里有一首《魏风·陟岵》，写一个在外地服役的士兵，登山瞻望故乡，怀念父母兄弟，想象他们也在思念他，并叮嘱他一定要活着回家。有一个法国人，比较了这首诗与古希腊史诗《伊利亚特》，认为中国诗歌与西方诗歌从一开始起，便表现出了对于战争的不同态度：

> 《伊利亚特》是西方最古老的诗，是唯一能用来与《诗经》作比较，以便评价位于有人口居住的陆地两端，在极为不同的条件下平行发展着的两种文明。一边是战争频繁，无休止的围城攻坚，相互挑衅的斗士，是激励着诗人和他的英雄的胜利光荣感，在这个世界里，人们感到自己置身于疆场之上。而另一边则是对家庭生活的眷恋，是一位登山远眺父亲土屋的年轻士兵和他的怀乡之情，是一位斯巴达人定会要扔出墙外的母亲，

和一位叮嘱离家人不要顾念光宗耀祖而首先要尽早返回故里的兄长。在这边,人们感到自己置身于另一个世界,置身于一种说不出的安逸的田园生活的氛围之中。①

而之所以会这样,是因为"在荷马时代,希腊先后被征服过三、四次,因此希腊人大概也变得同他们的入侵者一样好战;而中国人则是地球上最美好的那部分土地上的无可争议的主宰,因此他们像原始时期的垦荒者一样,爱好和平",所以这个法国人说:"也许在任何其他民族的诗文里找不到类似(《诗经》)的作品。"

不得不说,这个法国人很懂《诗经》。而直到今天,中华民族还是像《诗经》时代一样,爱好和平。所以,我们当然也会懂《诗经》。

五、《诗经》的运用和诠释

古人对待《诗经》,常常"断章取义"。比如《郑风·将仲子》,本来是一首表现男女之情的恋歌,今译的话,意思大致是这样的:

> 小二子啊小二子,拜托你别再跳墙进我家来找我,

---

① 埃尔韦·圣·德尼《中国的诗歌艺术》,邱海婴译,收入钱林森编《牧女与蚕娘》,上海,上海古籍出版社,1990年,第10页。

别再因此而压坏了我家的树木！我哪里是舍不得那些树木呢，我担心的是我的老爸老妈，还有那些没心没肺的兄弟，尤其是那些喜欢八卦的邻居。小二子啊小二子，我想念你那可真是没说的，但是你再弱智也应该明白，老爸老妈的唠叨，兄弟们的嘲笑，邻居们的八卦，那可实在是让我怕怕！

但是在《左传》里，它却被用于外交场合，成为外交谈判的工具。比如前 547 年，因为什么事情，晋国君采取"斩首"行动，抓了卫国君。齐国君、郑国君赶去晋国调解，郑国君带的名叫子展的随从，赋《将仲子兮》，意思是"人言可畏"，劝晋国君赶紧放人。晋国君听了这首郑国诗歌，想想有道理，的确"人言可畏"，就把卫国君给放了。——这么大的外交纠纷，居然靠一首情诗就解决了，《诗经》的力量该有多大呀！所以孔子要对儿子说："不学《诗》，无以言。"（《论语·季氏》）意思是说，不学《诗经》，没法说话。如果今天的世界上，也能靠诗歌来解决外交纠纷，那又该多好呀！

从古至今，《诗经》里的诗歌，常被这样"断章取义"地运用着。这种方法比较随心所欲，导致对于《诗经》的诠释，特别是国风里的许多诗歌，有的两千多年没有定论。西汉的董仲舒就已经说过"诗无达诂"，意思是诗没有确切的解释，更何况又过了两千多年后的今天，不要说"达诂"，就连"涩诂"也是奢望了。拿过一首诗来，这个说是写美女的，那个说是写俊男的；这个说是写死人的，那个说是写活人的；这个说是男人写的,那个说是女人写的;这个说是讲政治的,那个说是玩爱情的……南辕北辙,劳燕分飞,谁都有"话语权",谁都没有"最终解释权"。

这是读《诗经》有点挑战的地方。可是有挑战才会有刺激,难道不是么?

六、《诗经》的流传和影响

在中国教育史上,孔子首先用《诗经》来做教材,世间流传着许多孔子的评论。比起后世的大部分评论来,孔子的评论都要开明得多。比如他有一句名言:"《诗》三百,一言以蔽之,曰思无邪。"(《论语·为政》)他承认《诗经》里的男女之情都很正当,关键是要用恰当的方式来对待它。比如"琴瑟友之""钟鼓乐之",这样追求女孩就比较得体。

又比如在《论语·子罕》里,孔子引了一首逸诗(没有收入《诗经》的上古诗):"唐棣之华,偏其反而。岂不尔思,室是远而。"今译的话,意思是这样的:唐棣树的花儿,翩翩地摇摆。难道是我不想念你吗,实在是你家住得太远。这首诗应该也是孔子上课的教材,孔子在课堂上说了一句妙语:"未之思也,夫何远之有!"意思是说,你没真心想念人家罢了,你要是真心想念人家的话,哪里会觉得住得太远呢! 简单地说,就是住得远是借口,关键是你爱得不够! ——孔子真是一个善解风情的妙人,也是一个循循善诱的好老师。

大概弟子们听了觉得耳目一新,就把这课堂笔记编入了《论语》。再大胆猜测一下,孔子整理《诗经》的时候,没有把这首诗收进去,也许就是因为对它不满意?

孔子喜欢的诗或许是这样的:"谁谓河广? 一苇杭之;谁谓宋远? 跂予望之。"(《卫风·河广》)意思是说,谁说黄河宽广呢? 一叶芦苇就能渡过;谁说宋国辽远呢? 踮起脚尖就能望到。——你找借口说家住得太远,能比这个人住得更远吗? 要知道,这个人可是住在黄河对岸的卫国,黄河同时也是两国的国境线呢,可是他(她)一点都不觉得远! 想来,孔子就喜欢这样的诗,赞成这种对爱情的热度,所以就把它编入了《诗经》。

跟开明的孔子相比,汤显祖的《牡丹亭》里的陈最良老师,说起《诗经》来就迂腐得多了,明显把《诗经》看作"思有邪"。他应聘出任杜府家教,以《诗经》为教材,《关雎》第一章的开头四句,是他给杜丽娘同学上的第一课。陈老师是这样备课的:"好者好也,述者求也。"又是这样上课的:"雎鸠是个鸟,关关鸟声也。"(讲到这里,陈老师模仿雎鸠的叫声,丫头春香学他叫,课堂气氛顿时活跃。)陈老师继续上课:"此鸟性喜幽静,在河之洲。""窈窕淑女,是幽闲女子,有那等君子,好好的来求他。"可是当春香故意问他,君子"为甚好好的求他",他就骂春香"多嘴",不肯往下讲了,好像有点"捣糨糊"的样子。因为在陈老师看来,或者在传统的经学家看来,这首诗讲的是"后妃之德"……孔子本人解说《诗经》，都没有这么迂腐过！如果后人对《诗经》有所误解，以为那是一本正经的东西，那大抵是陈老师们误导的结果。

好在用不着陈老师来误人子弟，正当青春年少的杜丽娘同学，天分和悟性都极高，自己早把自己给启蒙了。据春香"揭发"说：

> 小姐呵，为诗章，讲动情肠……小姐说："关了的雎鸠，尚然有洲渚之兴，可以人而不如鸟乎？"（关起来的雎鸠，尚且要求偶，难道人还不如鸟吗？）

春香的"关了的雎鸠"，自然是她听"关关雎鸠"产生的误解，以及因误解而引起的转述错误，而不是杜丽娘同学的原话。但除此"耳误"之外，却颇得《关雎》的"正解"，而与陈老师的曲解背道而驰。这大概也是古往今来对这首诗的最佳诠释了，也是对孔子说的"思无邪"的最佳诠释了。

《诗经》在古代青年男女的心目中，就这样成了最佳的"爱情教科书"。这完全符合孔子认为《诗经》"思无邪"的精神。

七、今天我们怎么读《诗经》

最要紧的，是首先要端正态度，要像孔子那样，像杜丽娘同学那样，用"思无邪"的态度去读，而不要像陈最良老师那样，用"思有邪"的态度去读。

最好的读法，就是像南宋的朱熹说的，把《诗经》当作现在人写的诗歌来读："读《诗》且只将做今人做底诗看。"(《朱子语类》)——怪不得他做的《诗集传》能别开生面（但要记得当心他诠释时的"思有邪"的态度）。

晚明的冯梦龙也主张，要把《诗经》当作山歌来读：

> 书契以来，代有歌谣，太史所陈，并称风雅，尚矣……虽然，桑间、濮上，国风刺之，尼父录焉，以是为情真而不可废也。山歌虽俚甚矣，独非郑、卫之遗欤……抑今人想见上古之陈于太史者如彼，而近代之留于民间者如此，倘亦论世之林云尔。(《序山歌》)

大意是《诗经》的国风就是歌谣，也就是后世的山歌，在当时风雅并称，历史久远，地位很高。里面有许多桑间、濮上之音（爱情诗歌），孔子认为它们表达了真情实感，所以把它们采录、保存了下来。现在的山歌虽然非常俚俗，但正是《诗经》郑风、卫风（爱情诗歌）的遗响，它们原本就是一脉相承的，所以应该像尊重《诗经》一样尊重山歌（反之，也应该像看待山歌一样看待《诗经》）。接着他还说，山歌有"借男女之真情，发名教之伪药"的功用。其实，如果表现"男女之真情"的国风传统能够一路传承下来，成为中国文学史的主流，则"名教之伪药"原本是申请不到"批准文号"，从而根本投不了产，入不了市的。

到了现代，鲁迅的意见也差不多，他在《门外文谈》

中说:

> 就是周朝的什么"关关雎鸠,在河之洲,窈窕淑女,君子好逑"罢,它是《诗经》里的头一篇,所以吓得我们只好磕头佩服,假如先前未曾有过这样的一篇诗,现在的新诗人用这意思做一首白话诗,到无论什么副刊上去投稿试试罢,我看十分之九是要被编辑者塞进字纸篓去的。"漂亮的好小姐呀,是少爷的好一对儿!"什么话呢?

鲁迅是用了调侃的口气,把《诗经》与白话诗作比较,告诉我们经典也要发展的。的确,我们不能只停留在"关关雎鸠"上,我们也要发展到"教我如何不想她"。"天上飘着些微云,/地上吹着些微风。/啊!/微风吹动了我头发,/教我如何不想她?"多好的白话诗呀,这才是《诗经》的真正传人!

那么,就让我们用这种态度来读《诗经》吧! 这可能也是最好的一种读法。我们的祖先会在天上赞许我们这么做的。

延伸阅读:

邵毅平《诗骚百句》,南京,译林出版社,2018 年。

第二讲
轻与重：昆德拉与宣太后

一、昆德拉之见

在西方文化传统中，有一派（如古希腊哲学家巴门尼德）认为，"轻"代表正，代表善，代表美丽……相反，"重"代表负，代表恶，代表残酷……

但米兰·昆德拉（Milan Kundera，1929—2023）却提出了不同的看法，他在《不能承受的生命之轻》（*L'insoutenable légèreté de l'être*，1984）中说：

> 但是，重便真的残酷，而轻便真的美丽？
>
> 最沉重的负担压迫着我们，让我们屈服于它，把我们压到地上。但在历代的爱情诗中，女人总渴望承受一个男人身体的重量。于是，最沉重的负担同时也成了最强盛的生命力的影像。负担越重，我们的生命越贴近大地，它就越真切实在。

相反，当负担完全缺乏，人就会变得比空气还轻，就会飘起来，就会远离大地和地上的生命，人也就只是一个半真的存在，其运动也会变得自由而没有意义。

那么，到底选择什么？是重还是轻？①

他说的道理我们似乎能懂，但他用来说明"重"的好处的例子，却有点让人匪夷所思："在历代的爱情诗中，女人总渴望承受一个男人身体的重量。"直白地说，意思就是在做爱时，女人渴望男人压在自己身上，不以为重，不以为负担，反而觉得满足，觉得快活。"于是，最沉重的负担同时也成了最强盛的生命力的影像。"

类似这样内容的爱情诗歌，在西方文学史上应有不少，昆德拉似乎读过一些，否则不会说得这么明确；但说实话，我还从来没有读到过，大概是译者不好意思译过来？

二、宣太后之见

那么，在中国文化传统中，也有类似的表现吗？在《战国策》里，可以看到一例。

前 307 年，楚围韩之雍氏，韩求救于秦，使节冠盖相望，络绎不绝，但都无功而返。只有一个使节尚靳，说话还算得

---

①　许钧译，上海，上海译文出版社，2010 年，第 5 页。"男人"原译作"男性"。

体,秦宣太后(前 338 以后—前 265,时秦昭王年少新立,宣太后治世当国)听了比较满意,表示可以考虑出兵,但又提出了先决条件:

> 妾事先王也,先王以其髀加妾之身,妾困不支也;尽置其身妾之上,而妾弗重也。何也? 以其少有利焉。今佐韩,兵不众,粮不多,则不足以救韩。夫救韩之危,日费千金,独不可使妾少有利焉?(《韩二·楚围雍氏五月》)

宣太后意在索贿,但先打了一个比方,却是奇葩之言:我与先王睡觉,先王睡相不好,把大腿压在我身上,我实在是受不了;但与先王敦伦的时候,先王全身压在我身上,我却一点也不觉得重,这是因为他能让我快活……简言之,她的意思是,没有好处,轻也是负担;有了好处,重也不觉其累。

宣太后心中的这种轻与重的关系,与昆德拉的似乎不太一样,但我以为足以弥补后者的逻辑漏洞,也体现了中国式"中庸"思路的好处,反衬出西洋"非此即彼"思路的不足——并不是所有的"重"都是好的,也不是所有的"轻"都是坏的;反之亦然。判断的标准,就是于己是否有利。不过,他们用来说明"轻"与"重"的例子,却又符合"东海西海,心理攸同"的原理。

那次秦国出兵抗楚援韩之事,最后是在甘茂手里解决的，所以《史记·甘茂列传》也提到了此事。但司马迁只说宣太后是楚女，所以反对秦国出兵助韩，而完全没有提到索贿一节：

> （秦昭）王母宣太后，楚女也。楚怀王怨前秦败楚于丹阳而韩不救，乃以兵围韩雍氏。韩使公仲侈告急于秦。秦昭王新立，太后楚人，不肯救。

这么看来，韩使纷至沓来，皆因宣太后一点私心，偏袒娘家楚国，而均致无功而返。但据《战国策》，宣太后其实利欲熏心，为了索贿，娘家也是可以不顾的。《太平御览》卷三百二十五引《战国策》，有尚靳回韩国复命后，韩襄王“赂于太后”事，为今本《战国策》所无，则宣太后果然索贿成功。看来是先搞定了宣太后以后，才轮得到甘茂来发挥作用的。

宣太后的这一索贿行径，让人想起了另一位母后。马其顿国王亚历山大的母亲，竟趁儿子东征西讨，事业发达，要敲儿子一记竹杠，理由是自己当年怀孕时，曾吃了十个月的苦头。“于是，关于亚历山大的母亲的所作所为，就有许多流言蜚语，说亚历山大偶尔曾说过这么一句话：他母亲说因为怀了他十个月，硬要他拿出一大笔钱作为代价。”[1]一位问儿子讨怀孕辛苦费，一位为索贿不顾娘家利益，在爱财如命上，两位母后可真是异曲同工啊！

---

[1]　阿里安《亚历山大远征记》，李活译，北京，商务印书馆，1985 年，第239 页。

关于《史记》不载宣太后索贿事,今人范祥雍推测道:"《甘茂传》不载尚靳使秦事,史迁殆以其秽而删之与?"[①]然而,焉知不是因为司马迁后来成了刑余之人,再也不能贡献"一个男人身体的重量"于女人,欲"秽"而不能,因触目惊心而刻意回避了宣太后的奇葩之言呢?这些大概都只有起司马迁于地下才能知道了。而司马迁之后,各种后起的史书,沿袭《史记》的做法,大都不载此事,或也"以其秽"欤?

三、后人之见所见

论者一般以为,宣太后首开历史上两个先例:始称"太后"之号,始以母后临政。但历来的文人雅士(主要是男性吧),大概更受不了宣太后的任性,尤其是她的上述奇葩之言:

> 宣太后之言污鄙甚矣!以爱魏丑夫欲使为殉观之,则此言不以为耻,可知秦母后之恶有自来矣。(元吴师道《战国策校注》)

> 此等淫亵语,出于妇人之口,入于使者之耳,载于国史之笔,皆大奇。(清王士禛《池北偶谈》卷二十一谈

---

① 范祥雍《战国策笺证》,上海,上海古籍出版社,2006 年,下册,第1542 页。

异二"秦宣太后晏子语"条）

让吴师道感叹"秦母后之恶有自来矣"的，大概是后来秦始皇的母亲赵太后……秦国乃至当时的后妃，其强悍绝不亚于男人，以房事打个通俗易懂的比方，对她们来说又算得了什么呢，就把天下古今的男人吓成这样！

可贵的是《战国策》（及其前身）竟然留下了这样的记录，也难得整理之的刘向竟然没有把它们删除，此正如王士祯所言"皆大奇"也。

不过，过去除了道德判断之外，也有从虚构角度看待此事的：

> 当时引喻如此类甚多，取其机相发而已。若此说则甚无耻，宣后即淫佚，语亵括其词以丑之。（明归有光语）[1]

> 宣太后之行，国人知之，异国人皆知之。当时执管之士，因有此事，故作此言，用相调笑云耳。史家增饰之辞，美恶皆有之，后人或泥其一两言，以议当时之是非得失，其不为咸丘高叟者几希矣。《国策》非实录之比，尤不足据。（清焦袁熹《此木轩杂著》卷六"秦宣太后语"条）[2]

---

[1] 范祥雍《战国策笺证》引，下册，第1542页。

[2] 诸祖耿《战国策集注汇考（增补本）》亦引之，南京，凤凰出版社，2008年，下册，第1414页。

也就是说,他们认为,整个宣太后的话,都是执笔者杜撰的,是"史家增饰之辞",亦即现今所谓"黄段子",意在丑化、调笑宣太后,读者不可太过认真。但像宣太后这样的奇葩之言,非女人亲历者不能道,又绝不是男人所能代言的。

现代学者讲究知人论世,认为当时人说话本来如此,看法或许更合理一些:

> 这话更是赤裸裸的,简直是不顾羞耻的。这样的言语在《国语》《左传》里是不可能写的。其所以见于《战国策》,也并非编者所能杜撰,而是这时的人君,包括太后,已经不似两周贵族那样温文尔雅,他们说话就是这样无所顾忌的。因此,书中记述这些言论的时候,也就别开生面,前所未有。[1]

这也就成了《战国策》的特色之一。其实,如果更多一点这种"赤裸裸的""不顾羞耻的"大实话,那么中国的史书无疑会有趣得多[2]。

此外,难得也有人轻松看待此事:

> 当时游士皆妾妇之道,而宣后又滑稽之雄。(清程

---

[1] 郭预衡《中国散文史》上册,上海,上海古籍出版社,1986年,第110页。

[2] 参见钱钟书《管锥编》,北京,中华书局,1979年,第三册,第966—967页。

夔初《战国策集注》)[1]

从宣太后的发言里看出了幽默，从她的为人里看到了可爱，放在传统评价里，这个看法就算是最好的了。又，游士而雌，宣后而雄，反串对比也颇堪发噱。

四、私通义渠王

宣太后死于前 265 年十月，说了那番奇葩之言后，整整又过了四十二年。其间她不会少了情人，也不会让自己闲着，她的行事同样奇葩无比。比如，她曾与匈奴义渠王私通，生下两个孩子；而后又为了国家利益，把情人"诱而杀之"：

> 秦昭王时，义渠戎王与宣太后乱，有二子。宣太后诈而杀义渠戎王于甘泉，遂起兵伐残义渠。于是秦有陇西、北地、上郡，筑长城以拒胡。（《史记·匈奴列传》）

宣太后此事，后来被司马光简化为"昭王之时，宣太后诱义渠王，杀诸甘泉"（《资治通鉴》卷六《秦纪》一"始皇帝三年"），突出了宣太后私通行为的目的性和功利性。

郑樵则进一步落实了两个细节：义渠王私通宣太后，

是在秦昭王立、其"朝秦"时;而宣太后诱杀义渠王,则是在整整三十五年后,其时她已年近古稀了:"及昭王立(前306),义渠王朝秦,遂与昭王母宣太后通,生二子。至赧王四十三年(前272),宣太后诱杀义渠王于甘泉宫,因起兵灭之,始置陇西、北地、上郡焉。"(《通志》卷一百九十五《四夷传》第二《西戎上·西羌序略》)

在史家的寥寥数语中,隐藏着怎样一个波澜起伏、荡气回肠的故事啊!

五、欲殉魏丑夫

除了揭秘"妾事先王"之宫闱秘事外,宣太后另一件让人(吴师道)不耻之事,是她的"爱魏丑夫欲使为殉",此事同样载于《战国策》:

> 秦宣太后爱魏丑夫。太后病将死,出令曰:"为我葬,必以魏子为殉。"魏子患之。庸芮为魏子说太后曰:"以死者为有知乎?"太后曰:"无知也。"曰:"若太后之神灵明知死者之无知矣,何为空以生所爱葬于无知之死人哉? 若死者有知,先王积怒之日久矣,太后救过不赡,何暇乃私魏丑夫乎?"太后曰:"善。"乃止。(《秦二·秦宣太后爱魏丑夫》)

宣太后最后的情人是魏丑夫,爱到要让他为自己殉葬——历来只有男人以女人殉葬的，没有女人以男人殉葬的，宣太后又是要别开生面了！宣太后情到深处，大概真如汤显祖《牡丹亭题词》所言，"生者可以死，死可以生"。只是魏丑夫对此并不认同，因为他对前者深感恐惧，对后者则毫无信心。当然，庸芮的两面说辞能够击中要害，宣太后的从谏如流也颇为可爱，只有魏丑夫的那身冷汗令人同情。

又，据说"丑夫"不是真名，而是秦人给起的外号，表示谴责丑闻的意思，想来本人应该十分威猛俊朗，否则宣太后不会爱成那样。"丑夫"从字面上、本事上来说，与莫泊桑笔下的"俊友"(Bel-Ami)堪称绝对，特推荐给旧体诗爱好者。

宣太后当时已经年逾古稀了，还能爱得这般死去活来（替丑夫想想也真不容易），老少恋绝不逊色于今贤杜拉斯。"先王积怒之日久矣"，堪称宣太后风流一生的写照和总结。

六、两 相 比 对

回到本文开头。昆德拉的发言显得如此浪漫，"总渴望承受一个男人身体重量的女人"，成了爱情诗歌中的女神，既让人想入非非，又成为天经地义；然而二千三百多年前，宣太后表述了同样的意思，却被批评为"淫亵""污鄙""无耻"，最好也不过是一个"滑稽"。两相比对，其中消息意味深长，不免让人兴味津津。

据说表现宣太后生平的电视剧《芈月传》即将播映，不知其中会如何表现今人对宣太后的观感?

延伸阅读:

　　昆德拉《不能承受的生命之轻》,许钧译,上海,上海译文出版社,2010 年。

　　《战国策》,上海,上海古籍出版社,2015 年。

第三讲
"春申君相楚"与"经理切火鸡"

一、春 申 君 相 楚

春申君黄歇(前314—前238),著名的"战国四君子"之一,吴中及上海地区早期的统治者,《史记》中有其列传。

但其列传的写法颇为奇特,即在其开始"相楚"(前262年)以后,转为类似"编年体"的写法;而更为奇特的是,虽然其"相楚"与楚考烈王在位起讫同时,但其列传中"编年体"的纪年,却并不采用考烈王的纪年,而是用其"相楚"来纪年。于是,我们就看见了满目的"春申君为楚相四年……五年……春申君相楚八年……春申君相十四年……春申君相二十二年……春申君相二十五年……"(以下引文除标示者外,均出于《春申君列传》)。

这是《史记》其他列传中所没有的。即使同为"战国四君子"的其他三君子的列传,也并未采用这种"编年体",更不要说采用这种纪年法了（除信陵君不曾相魏外,孟尝君曾相齐,平原君曾相赵,但皆不闻有纪年之事）。

不过,在古罗马倒是有相似的做法,除了以传说中的罗马建城之年(前753年)纪年以外,还以某人任执政官纪年,如"某某某任执政官那年"之类(参见凯撒《高卢战记》等),与春申君"相楚"纪年异曲同工。

春申君与楚考烈王的关系,颇似吕不韦与秦庄襄王的关系,所以在《春申君列传》中,对照着写吕不韦的兴废,以为春申君事迹的呼应。在考烈王尚为太子时,时任左徒的春申君,与他一起入秦为人质,在秦同甘苦共患难。当楚顷襄王病重时,春申君不顾个人安危,帮助太子先逃离秦,而后自己又机智脱身。顷襄王死后,他辅佐太子即位,是为考烈王。考烈王为报答他,即位伊始,便以他为相(令尹),并封为春申君。他跟吕不韦一样,终于"投机"成功。

他刚为相时,"是时楚益弱"(《楚世家》);而他为相不到十年,"当是时,楚复强",颇有中兴气象。但同时,他也"方争下士,招致宾客,以相倾夺,辅国持权"(荀子于春申君之"巧宦"颇为洞达,见《战国策·楚四》"客说春申君"条),所以朱英要对他说:"君相楚二十余年矣,虽名相国,实楚王也!"

不过,虽然考烈王形同虚设,春申君"实楚王也",但无论如何,《春申君列传》不用考烈王纪年,而用"春申君相楚"纪年,这都有点说不过去,至少是很不得体的,颇有点"君不君,臣不臣"的可疑味道。"建号纪年,天子之事;诸侯而僭之,越礼犯分莫甚焉!"(林象德《东史会纲》卷二)倘依此说,则用"春申君相楚"纪年,是僭之又僭了。

但这种"春申君相楚"纪年法,其实并非出于司马迁的手笔,而是应当有别的史料来源。《春申君列传》的"楚考烈王无子"以下,基本同于《战国策·楚四》的同名条;而在《战国策》的该条中,也明白无误地出现了"春申君相楚二十五年",与《春申君列传》的"春申君相二十五年"相同——可见它们有共同的史料来源。由此类推,既然此条(包括纪年)有别的史料来源,那么,《春申君列传》中其他"春申君相楚"的纪年条目,虽然在现在的《战国策》里没有对应物,但也应有类似的史料来源。

我们大胆推测,《春申君列传》及《战国策》所共同取材的原始史料,很有可能即出自春申君的宾客们之手。"春申君相楚"纪年法的应用范围,应该是在楚国的境内,尤其是在春申君的封地里,更有可能是在他的宾客们中间。他们采用"春申君相楚"纪年法,以拍春申君的马屁,彰显春申君的重要性;同时,他们不用考烈王纪年,也是考烈王形同虚设、春申君"实楚王也"的表征。如果真是这样,那么比起其他三君子的宾客来,春申君的宾客实在是"有为"多了(或亦因春申君待宾客甚厚,"春申君客三千余人,其上客皆蹑珠履")。

我们还可以追问,在《春申君列传》里,虽非出于司马迁的手笔,但保留了"春申君相楚"纪年法,那么,司马迁是否别有用意? 是否用了"春秋笔法",暗示春申君擅权,是实际的国君? "太史公曰:吾适楚,观春申君故城,宫室盛矣哉!"这种来自实地实感的冲击力,对他是否也不无刺激作用? 这些都是值得进一步思考和探索的。

二、经理切火鸡

在普鲁斯特的《追忆似水年华》里,有一个"经理切火鸡"的搞笑情节,对理解"春申君相楚"纪年法也许不无参考意义。

话说在"我"入住的巴尔贝克大旅馆里,经理可是一个了不得的大人物。有一天,他竟然亲自动手切火鸡了! 于是无论在他自己,还是在其伙计们中间,这都成了一件盘古开天辟地般的大事:

> 一天,他亲自动手切火鸡……打这一天起,历法变了,人们这样计算:"那是我亲自切火鸡那天的第二天。""那正好是经理亲自切火鸡八天以后。"就这样,这次火鸡解剖就成了与众不同历法的新纪元,好像是基督诞辰,或是伊斯兰教历纪元,但它却不具有公元或伊斯兰教历的外延,也不能与它们的经久实用相提并论。(第四卷《索多姆和戈摩尔》第二部第三章)

普氏的夸张和比较实在让人忍俊不禁。粗看起来,他的比较好像极为荒唐,但普氏当然别有用意。普氏视隐喻为揭示事物本质的不二法门,并且主张隐喻双方相距越远越好。创造种种异想天开的隐喻,一向是普氏的拿手好戏。

在"经理切火鸡"的场合,他把"经理切火鸡"上升为"新纪元",一边固然是强调、夸张、讽刺经理的自恋以及此举在巴尔贝克大旅馆范围内的"重要性",一边也是顺带暗示、反讽、祛魅基督教或伊斯兰教的创立纪元也不过相当于更大时空范围内的"经理切火鸡"而已! ——可别忘了普鲁斯特生活在尼采宣布"上帝死了"的时代,他的同胞勒南的《耶稣传》刚把耶稣还原为凡人……

一道智慧之光就这样照亮了本来毫不相干的两个事物,在二者间建立了典型的普式联系,让读者对二者都有了新的认识,取得了一加一大于二的效果(这其实也正是比较文学的不二法门)。

在茨威格的《寻觅往昔》里,有一个类似的反讽例子:"每天晚上,他在日历上把这辛苦度过的一天划掉,有时候性急,在中午就把这一天划去。他把还需熬过去的时日形成的一行行红黑的数字数了又数:四百二十、四百一十九、四百一十八、四百一十七,离回国之日还有四百一十七天。因为他和其他人不一样,不是从基督诞生之日从头数起,而是朝着一个确定的时刻,他回家的时刻计数。"这就像是所谓的"西元前"。

　　我觉得,惟其夸张得荒唐可笑,所以理解了"经理切火鸡",也就理解了"春申君相楚",骨子里它们没有什么不同,具有同样的功能和意义。也就是说,无论对于春申君本人,还是对于他的宾客们,"相楚"都是一件了不得的大事,是值得上升到"新纪元"高度的——这个正如"经理切火鸡"一般了。

　　其实,了解欧美习俗的人都会知道,"切火鸡"(在西班牙是"切鳕鱼")也绝非那么容易的:操刀者既须是座中之尊者(类"祭酒"),切得均匀也绝对是个技术活,分配部位则更是权威的象征。

　　如萨克雷的《名利场》里,利蓓加·夏泼小姐说话得体,会得做人,得了丈夫的哥哥毕脱爵上的欢心:"他对蓓基实在满意,葬礼完毕以后第三天,全家在一起吃饭,毕脱·克劳莱爵士坐在饭桌的主位上切鸡,竟对罗登太太说:'呃哼嗨!利蓓加,我给你切个翅膀好吗?'利蓓加一听这话,高兴得眼睛都亮了。"(第四十一章《蓓基重回老家》)——但我不太明白翅膀在火鸡身上属于什么级别的部位,就让夏泼小姐高兴成那样?

　　而在左拉的《妇女乐园》里,鲍兑先生切肉不均,便意味着权威的丧失:"用颤抖的手切着肉,可是他的眼力不准确了,他失掉了公平分配的权威,由于意识到他的失败,他作为一个可尊敬的家主旧有的信念丧失了。"这又是一个反面的例子了。

　　陈平年轻时为社宰,分祭肉分得均匀,乡亲们都摆得平,遂视"天下"亦为"肉",自认有"宰天下"之才,后来果然做到了大汉丞相。"方其割肉俎上之时,其意固已远矣!"(《史记·陈丞相世家》)——焉知善于"切火鸡"的经理,就没有"切法国"的"远意"呢?

三、时间的秩序

推而广之,纪年法的重要性不言而喻,它其实是一种"时间的主权",一种"时间的话语权",目的是建立一种"时间的秩序"。大至宗教上的纪元(如基督教纪元,亦即所谓的"西元""公元",又如犹太教纪元、佛教纪元、伊斯兰教纪元),君主登基后的改元,附庸国用宗主国纪元……小至一个人的生日和年纪等等,其实无不是纪年法的应用(人的年纪又可称"春秋",如《战国策·秦策五》的"王之春秋高",《新序·杂事》的"春秋四十",潘岳《秋兴赋并序》开头的"晋十有四年,余春秋三十有二,始见二毛",足以说明问题了)。

新时代尤其需要新纪元,正如阿尔巴尼亚作家卡达莱所说:"另一个制度,制度改变时,这是常有的事。第一天,通常,人们把它叫做零日。然后,开始计数:一、二、四,以此类推……在所有的新表达中,最常见的跟时间有关。人们把这一时间叫做新时代。"(《错宴》)

中华人民共和国建立伊始,胡风心潮澎湃,写长诗《时间开始了》,表示老皇历作废,新纪元开始,活用纪年法,推陈而出新,以站稳立场,歌功颂德——尽管中华人民共和国采用"公元",并未建年号与纪元;尽管对于胡风自己来说,"时间"不久就要结束了。

各种纪年法的唯一区别,正如普氏所说,只是适用范围有大小,使用时间有长短而已。比如宗教纪元适用于悠久广大的时空,"春申君相楚"纪元适用于其宾客、封地乃至楚国,"经理切火鸡"纪元适用于巴尔贝克大旅馆……而一个人的生日和年纪,大概只对他的亲人才重要。

对于恋爱中的男女来说,如果忘记了对方的生日,尤其是忘记了女方的生日,那后果会有多么严重,相信大家都一清二楚。这是因为,通过记住对方的生日,你就进入了对方的时间秩序,表示了无条件的臣服;而忘记生日则意味着"不臣"。"没有天哪有地,没有地哪有家,没有家哪有你,没有你哪有我……"《酒干倘卖无》的这几句歌词,也可以从这个角度去理解。

除了对方的生日,你们相识的日子,就是你的新纪元,"时间开始了"!就像茨威格的《一个陌生女人的来信》里,那个陌生女人在信中所说的:"我这一生实在说起来是从我认识你的那一天才开始的。"又如乔治·艾略特的《弗洛斯河上的磨坊》里写,麦琪有一次到姑姑家小住,在她那些表兄弟们眼里,她简直美若天仙,如同仙女下凡,于是她到来的那一天,就被看作新纪元的开始——以"知慕少艾"为纪年法,比"切火鸡""相楚"纪年法有趣多了!

延伸阅读：

司马迁《史记》，北京，中华书局，2014 年。

普鲁斯特《追忆似水年华》，李恒基等译，南京，译林出版社，2012 年。

第四讲
《兰亭集序》的世界

一、昔·今·后：对时间的永恒焦虑

王羲之（303—379）的《兰亭集序》（353），是对中国人人生观、生死观最透彻的言说，也是中国人人生智慧的最集中表现，与之相比，一切其他的类似言说都显得过于肤浅。同时，它又是中国文章中的最佳美文之一，正如文徵明（1470—1559）的《重修兰亭记》（1549）所言："然而文翰之美，自兹以还，亦未见的然有以过之者。"且看其中的一段：

夫人之相与，俯仰一世，或取诸怀抱，悟言一室之内，或因寄所托，放浪形骸之外。虽趣舍万殊，静躁不同，当其欣于所遇，暂得于己，快然自足，不知老之将至。及其所之既倦，情随事迁，感慨系之矣。向之所欣，俯仰之间，已为陈迹。犹不能不以之兴怀。况修短随化，终期于尽。古人云："死生亦大矣。"岂不痛哉！

每览昔人兴感之由,若合一契,未尝不临文嗟悼,不能喻之于怀。固知一死生为虚诞,齐彭殇为妄作。后之视今,亦犹今之视昔,悲夫!①

虽然人们的生活方式各各不同,但当他们追求自己的梦想时,皆不易觉察时光飞逝,老之将至;可是回首往事,当年曾那样魂牵梦萦、全力以赴的事情,转瞬间都成了过眼烟云,失去了动人心魄的魅力;然而明知一切都是瞬息,一切都会过去,一切了无意义,却还是不能不靠它们来舒展怀抱,打发岁月;生命长短取决于自然,总有一天是要结束的,就像古人说的,"死生是件大事",每想到这件事情,能不痛彻心肺吗?——短短的一段话中,意思转了好几层,把人生的各个阶段,人心的各种曲折,都一一说尽了。

后人于《兰亭集序》各有会心,但我以为,明人袁宏道(1568—1610)的《兰亭记》(1597)所论,发挥《兰亭集序》此段宗旨最为融洽:

> 古今文士爱念光景,未尝不感叹于死生之际。故或登高临水,悲陵谷之不长;花晨月夕,嗟露电之易逝。虽当快心适志之时,常若有一段隐忧埋伏胸中,世间功名富贵举不足以消其牢骚不平之气。于是卑者或纵情曲蘗,极意声伎;高者或托为文章声歌,以求不朽;或究

---

① 选自《晋书·王羲之传》,中华书局标点本,与其他版本文字略有不同。

心仙佛与夫飞升坐化之术。其事不同,其贪生畏死之心一也。独庸夫俗子,耽心势利,不信眼前有死。而一种腐儒,为道理所锢,亦云:"死即死耳,何畏之有!"此其人皆庸下之极,无足言者!夫蒙庄达士,寄喻于藏山;尼父圣人,兴叹于逝水。死如不可畏,圣贤亦何贵于闻道哉?

简言之,上至圣贤,下至百姓,凡是"正常"的人,都"贪生畏死",只有"庸夫俗子"和"腐儒"例外——前者因为"耽心势利",所以"不信眼前有死";后者因"为道理所锢",所以也"无知者无畏",硬装出不怕死的样子。袁宏道一言以斥之曰:"此其人皆庸下之极,无足言者!"——时贤或有读不懂《兰亭集序》,却耍贫嘴称之为"敷粉男人们兴奋伤时的文字秀"者,恐怕也正可归入袁宏道所斥者之列。

日本兼好法师(约 1283—1352 后)的《徒然草》(约1329—1339)中说:"老死之来也甚速,念念之间不停。等待老死期间有何可乐?惑者不畏老死而溺于名利,不见死期已近故也。"(第七十四段)意思与袁宏道《兰亭记》差相仿佛,"不畏老死而溺于名利"的"惑者",也正是《兰亭记》所斥之"庸夫俗子"。但兼好法师接着又说:"愚人则又以老死为可悲,而妄图常住此世,是不知变化之理故也。"则与《兰亭记》又有佛、儒、道立场之别矣。

《兰亭集序》与《兰亭记》所关注的,其实是人的时间意识问题。时间意识既是人所独有的痛苦的根源,也是一切文学、艺术、文化的原点。像普鲁斯特的《追忆似水年华》，就是以时间意识为主题的名著。《兰亭集序》和《兰亭记》都主张，人要直面时间意识，不要回避也不要无视。但也正因为如此，痛苦也就无可解脱。

与《兰亭集序》和《兰亭记》相反的，则是劝人应该摆脱时间意识的主张，如经常可以听到的"活在当下"的建议。因为只关注当下的存在，摆脱了时间意识的纠缠，人也就解脱了痛苦。德国人托利所著畅销书《当下的力量》告诉我们，时间一点也不珍贵，因为它仅是一种幻象，只要通过对当下的臣服，就能解脱痛苦，进入内心的平和世界。该书之所以畅销并被译成多种文字，恰恰说明时间意识是多么地困扰着人们，大家都一直生活在对时间的永恒焦虑之中。

但这种摆脱时间意识的主张，也有一个回避不了的问题，那就是"人非木石皆有情"，人不可能像动植物一样生存。芥川龙之介(1892—1927)说得好：

> 小泉八云曾经说过与其做人，他更愿意做蝴蝶。说起蝴蝶来——那么你看看那蚂蚁吧！如果幸福仅仅是指没有痛苦的话，那么蚂蚁也许比我们幸福。但是我们人懂得蚂蚁所不懂得的快乐。蚂蚁可能没有由于难产和失恋而自杀之患，然而，会和我们一样有欢乐的希望吗？我现在仍然记得，在月亮微露的洛阳旧都，对李太白的诗连一行也不懂的无数蚂蚁真是可怜啊！（《侏儒的话·某自卫团员的话》，吕元明译）

　　蚂蚁、蝴蝶"活在当下"，当然没有时间意识，也没有由此而生的痛苦，但也不会有人所独有的快乐。时间带来了绝望，同时也带来了希望。"绝望之为虚妄，正与希望相同。"（鲁迅《野草·希望》《南腔北调集·〈自选集〉自序》引匈牙利诗人裴多菲1847年7月17日致友人凯雷尼·弗里杰什信中的话）更重要的是，如果没有了时间意识，一切文学、艺术、文化也将不复存在。对于人来说，为了解脱痛苦，我们愿意支付这种代价吗？这种代价是否过于昂贵呢？

　　另外，要说"活在当下"，《兰亭记》所讽刺的"耽心势利，不信眼前有死"的"庸夫俗子"，《徒然草》所讽刺的"不畏老死而溺于名利"的"惑者"，以至历史上现实中滔滔皆是、一心捞钱的贪官污吏，倒正可以说是"活在当下"的，但他们可能成为一种好的榜样吗？

　　说到底，这仍然是一个选择的问题。人可以像《兰亭集序》《兰亭记》等那样，选择对于时间的痛苦而清醒的意识；也可以像《当下的力量》劝告的那样，通过对于当下的臣服而摆脱时间意识。但大多数人实际上更可能做的，则是在这两种主张之间犹疑徘徊。

　　《兰亭集序》为千古名文，但历来也不无争议，有人因《文选》未收，而质疑其可靠性。但袁宏道《兰亭记》所论，已足以破除一切疑惑：

　　　　羲之《兰亭记》，于死生之际，感叹尤深。晋人文字，如此者不可多得。昭明《文选》独遗此篇，而后世学语之流,遂致疑于"丝竹管弦"、"天朗气清"之语。此等俱无关文理,不知于文何病? 昭明,文人之腐者,观其以《闲情赋》为"白璧微瑕",其陋可知。夫世果有不好色之人哉? 若果有不好色之人,尼父亦不必借之以明不欺矣!

昭明太子萧统选编《文选》,连陶渊明的《闲情赋》都不收,还要批评它是作者的"白璧微瑕",由此也可见其文学趣味之迂腐了(北宋的苏轼曾嘲笑萧统:"统乃讥之,此乃小儿强作解事者。"见其《题〈文选〉》;稍后于袁宏道,晚明的钱谦益也曾质疑萧统的说法:"'白璧微瑕,惟在《闲情》一赋。'其然岂其然乎!"见《列朝诗集》乙集第五《李布政祯》)。故其不收《兰亭集序》,也自是题中应有之义,袁宏道所论极有说服力。

二、"曲水流觞":东亚共同的文学仪式

永和九年,岁在癸丑(353),暮春之初,会于会稽山阴之兰亭,修禊事也。群贤毕至,少长咸集。此地有崇山峻岭,茂林修竹,又有清流激湍,映带左右,引以为流觞曲水,列坐其次。虽无丝竹管弦之盛,一觞一咏,亦足以畅叙幽情。是日也,天朗气清,惠风和畅,仰观宇宙之大,俯察品类之盛,所以游目骋怀,足以极视听之娱,信可乐也。

　　这是王羲之《兰亭集序》的开头一段,介绍了当年兰亭之会的情况,其时间、地点、景物、天气、人物、目的、内容、心情……《兰亭集序》文书双绝,名闻遐迩;"兰亭之会""曲水流觞",已成为文人雅集的代名词。

　　晋室南渡之前,中国文化的中心在北方,文学多表现北方的风物。晋室南渡以后,江南美丽的山水自然,开始映入文人们的眼帘。"从山阴道上行,山川自相映发,使人应接不暇。若秋冬之际,尤难为怀。""千岩竞秀,万壑争流,草木蒙笼其上,若云兴霞蔚。"(《世说新语·言语篇》)正因为"会稽有佳山水",所以"名士多居之"(《晋书·王羲之传》)。"有崇山峻岭,茂林修竹,又有清流激湍,映带左右"的兰亭(因曾经是越王勾践的植兰之地,汉代又于此设置驿亭而得名),也因而成为东晋文人雅集的首选之地。而且据郦道元《水经注》说,王羲之、谢安兄弟是常去那儿的。

　　当然,现在我们所见到的兰亭(在绍兴西南兰渚山下),已非王羲之当时的兰亭。其实早在四百余年前,明人袁宏道即已致疑:"兰亭在乱山中,涧水弯环诘曲,意古人流觞之地即在于此。今择平地砌小渠为之,与人家园亭中物何异哉!"(《兰亭记》)其后明末张岱也说:"旧日兰亭与天章古寺,元末火焚,基址尽失。今之所谓兰亭者,乃永乐二十七年(毅平按:永乐仅二十二年,此有误),郡伯沈公择地建造。"(《古兰亭辨》)而且,即在东晋时,兰亭就已经数度易地重建。现在要找到王羲之当时的兰亭,大概已经是不可能的了。不过,兰亭的确切位置其实并不重要,重要的是其所具有的文化象征意义。

暮春时节去水边沐浴盥洗以祓除不祥,这种祭礼性活动始于先秦时期的郑国,《诗经》的《郑风·溱洧》写的就是这种活动。从汉代开始,它渐渐地增加了游乐性,宴饮则为其主要内容。光喝酒自然闷得慌,于是加上各种活动,如唱歌、清谈、评论……到了晋代,又开始"曲水流觞",也就是在一条高低错落、回环曲折的水渠中,让酒觞自由漂流,岸边之人随意取饮。在"曲水流觞"时,明确有作诗的,以现存文献为限,则始于353年的此次兰亭之会。也就是说,此次兰亭之会,在"一觞"之外又加上了"一咏",是为创意。至宋、齐而此风大盛。

而此次兰亭之会上所咏诗歌,已多关于山水自然的描写。可见"一觞"之外"一咏"的加入,又确与江南风物的刺激不无关系。

原来的"一觞一咏",能饮则饮,能咏则咏,虽然不能咏者要罚酒三觥,但是重在"畅叙幽情",应该都是随心所欲的;而不会像今天的假复古,击鼓传花似的,酒觞停在谁面前,谁就得作诗。

据文献记载,此次兰亭之会,参加者共四十一人(唐宋以后说四十二人),成诗二首者十一人,成诗一首者十五人,诗不成者十五人(唐宋以后说十六人),可见文学水平高中低者各占三分之一。会后把各人的诗作汇聚在一起,由王羲之作序述事情之始末,遂有了名文《兰亭集序》。

在抒发了一通人生苦短、生命无常的感慨之后,王羲之将此次兰亭之会置于历史长河中来定位:

> 故列叙时人,录其所述,虽世殊事异,所以兴怀,其致一也,后之览者,亦将有感于斯文。

353 年暮春的这次兰亭之会,如果没有作诗活动,没有这篇《兰亭集序》,也许不过是一次普通的聚会;但是,有了作诗活动,有了这篇《兰亭集序》,情况就完全不一样了,它竟然成了一件文坛盛事,成了中国文化的一个象征符号。

后来,不仅在中国,而且在东亚汉文化圈各国,都无不知晓此次兰亭之会。借助王羲之《兰亭集序》的力量,此次兰亭之会的巨大影响,早已超越了时代和国界——“后之览者”不限于中国,也不限于一时,且不是一般地“有感于斯文”!

在中国,后世以此次兰亭之会为范,每逢三月三日①举行曲水宴,大都“间以文咏”。《文选》卷四十六收入的两篇

---

① “三月三日”是从“三月上巳”变来的,原来是在三月第一个巳日,大约从魏时起固定为三月三日。《晋书·礼志》曰:“汉仪,季春上巳,官及百姓皆禊于东流水上,洗濯祓除去宿垢。而自魏以后,但用三日,不以上巳也。”但后来从节日的角度,也称三月三日为“上巳”,而不管该日实际干支如何。如《旧唐书·文宗本纪》曰:“(大和八年)三月壬子朔。甲寅,上巳,赐群臣宴于曲江亭。”“(开成四年)三月癸未朔。乙酉,赐群臣上巳宴于曲江。”即径称三月甲寅或乙酉(皆三日)为“上巳”,实则三月甲寅或乙酉并非巳日。

《三月三日曲水诗序》(颜延之、王融),便是其痕迹一二。前些年于桂林出土的一大型石刻证明,"曲水流觞"至南宋时依然盛行。

在朝鲜半岛,在新罗古都庆州的郊外,也留存有"曲水流觞"的遗迹"鲍石亭"。虽然现在所能看到的,只是在参天的古树下一道曲折的石凿沟槽,其他部分都已荡然无存,不过即使从这条石凿沟槽,也可以想见当年曲水流觞的情形。如果在石凿沟槽中注入一泓清水,大概酒觞还能随坡度高低流转起来,这与兰亭的"曲水流觞"是一样的。

在日本,"曲水流觞"的遗迹更多。在京都的上贺茂神社、城南宫,九州的太宰府天满宫,鹿儿岛的仙岩园,都留存有"曲水流觞"的遗迹;在京都御所的障子上,绘有"曲水流觞"的画图。

在越南,1504 年,黎宪宗"乃在九重之内,作流杯殿。引水至堂前,曰流杯台"(《大越史记本纪实录》卷十四《黎纪》"宪宗景统七年甲子"条),那应该就是"曲水流觞"的设施了。

更值得注意的是各国关于"曲水宴"的记载,那些记载表明,中国文人的风流雅事,引起了中国周边地区的关注,成为东亚各国文人效仿的对象;而汉诗在东亚各国的传播,当然借助了这股时尚的力量。因为当时无论在朝鲜半岛,还是在日本、越南,凡是"曲水流觞"的,作的都是汉诗,五言诗或七言诗。后来这些中国境外的影响,连富于历史意识的王羲之,恐怕也是梦想不到的吧?

　　与王羲之同时,孙绰也作有《三月三日兰亭诗序》,两相比较,才更容易体会《兰亭集序》的好处。又,《晋书·王羲之传》引《兰亭集序》后说:"或以潘岳《金谷诗序》方其文,羲之比于石崇,闻而甚喜。"意思是王羲之很以自己像石崇、《兰亭集序》像《金谷诗序》为荣。但后来王羲之及《兰亭集序》名满天下,流芳千古,而石崇及《金谷诗序》又在哪里呢?可见知人不易,知己更难。

延伸阅读:

　　吴楚材、吴调侯《古文观止》(繁体竖排),北京,中华书局,2004 年。

　　《罗生门:芥川龙之介中短篇小说选》,楼适夷、文洁若、吕元明译,南京,译林出版社,2006 年。

第五讲
发誓的文学史

一、《诗经》里的发誓

发誓是人际关系中的常见现象，也是文学作品中的重要内容，尤其是在爱情题材的作品中。

中国最早的诗歌总集《诗经》里，就已经有了不少动人的誓言，如《邶风·击鼓》的第四章"死生契阔，与子成说：执子之手，与子偕老"——人生总难免生离死别，我早就对你发过誓言：我要一直牵着你的手，与你一起相守到永远。

自从赵咏华《最浪漫的事》唱道："我能想到最浪漫的事，/就是和你一起慢慢变老，/直到我们老得哪儿也去不了，/你还依然把我当成手心里的宝。"几千年前《诗经》里的上述诗句，便如王子吻过的睡美人般悠然醒转，再一次深深打动了许多中国人的心。一个女生在考卷里曾这样评论道："几千年过去了，中国人对浪漫仍无更多的奢求。"

《诗经》里发类似誓言的,还有《郑风·女曰鸡鸣》的"与子偕老",《鄘风·君子偕老》的"君子偕老",《卫风·氓》的"及尔偕老",《邶风·谷风》的"及尔同死"……看来这是当时诗人爱发的誓言,而且不分男女皆喜发此类誓言。

二、民歌里的发誓

《诗经》里的誓言比较含蓄,而且一般都是正面立说;到了汉乐府民歌《上邪》里,那个誓言才叫惊心动魄:

> 上邪!我欲与君相知,长命无绝衰。山无陵,江水为竭,冬雷震震,夏雨雪,天地合,乃敢与君绝!

因为"惊天动地"了,也就惊心动魄也!

后人对此诗评价都很高。清人张玉毅评论此诗道:"此陈忠心于上之诗。首三,正说,意言已尽。后五,反面竭力申说,如此然后敢绝,是终不可绝也。叠用五事,两就地维说,两就天时说,直说到天地混合,一气赶落,不见堆垛,局奇笔横。"(《古诗赏析》卷五)除了首句有点那个以外,诠释此诗特色甚为到位。

钱钟书评论此诗道:"诗之情味每与敷藻立喻之合乎事理成反比例……'山无陵'乎?曰:阳九百六,为谷为陵,虽罕见而非不可能之事。然则彼此恩情尚不保无了绝之期也。'江水竭'乎?曰:沧海桑田,蓬莱清浅,事诚少有,非不可能。然则彼此恩情尚不保无了绝之期也。'冬雷夏雪'乎？曰：时令失正，天运之常，史官《五行志》所为载笔，政无须齐女之叫、窦娥之冤。然则彼此恩情更难保无了绝之期矣。'天地合'乎？曰：脱有斯劫，则宇宙坏毁，生人道绝，是则彼此恩情与天同长而地同久，绵绵真无尽期，以斯喻情，情可知已。"①分析五誓层次感，也很是细致入微。

《上邪》般的"毒誓"，自是民歌的特色，常见于民间作品，却罕闻于文人诗歌。如《史记·刺客列传》里有"天雨粟，马生角"的誓言，《燕丹子》里有"乌头白，马生角"的誓言，《论衡·感虚篇》里有"使日再中，天雨粟，令乌白头，马生角，厨门木象生肉足"的誓言，都应是秦汉时期民间常用的誓言。后来李白的《远别离》说："苍梧山崩湘水绝，竹上之泪乃可灭。"乃学习民歌的风格，模拟《上邪》的表现。

此后，这种类型的誓言在民歌里形成了传统，大家纷纷发挥想象力，在比喻的新奇上争奇斗艳。如敦煌曲子词《菩萨蛮》唱道：

> 枕前发尽千般愿，要休且待青山烂。水面上秤锤浮，直待黄河彻底枯。　白日参辰现，北斗回南面，休即未能休，且待三更见日头。

除了颠倒错乱时空外，还要挑战重力原则。明代山歌《挂枝儿·分离》唱道：

①　钱钟书《管锥编》，北京，中华书局，1979年，第一册，第74—75页。

　　要分离，除非是天做了地；要分离，除非是东做了西；要分离，除非是官做了吏。你要分时分不得我，我要离时离不得你；就死在黄泉也，做不得分离鬼。

　　除了颠倒错乱时空外，还要挑战官僚体制（古代官制，"官""吏"泾渭分明，"除非是官做了吏"，同是明人的唐寅，对此应有痛苦感受）。湖南民歌唱道：

　　（女）问郎我俩交情几时丢？
　　（男）要等鸡长耳朵马长角石头长草扁担开花擂槌结籽阎王勾簿把情丢！

　　全面挑战生物学上的可能性，更加贴近民间的经验世界。

三、流行歌曲里的发誓

　　现代流行歌曲里的誓言，也还是不离这个传统。根据《上邪》改编的歌词，《还珠格格》的主题曲《当》唱道：

　　当山峰没有棱角的时候／当河水不再流／当时间停住日夜不分／当天地万物化为虚有／我还是不能和你分手／不能和你分手／你的温柔是我今生最大的守候

　　当太阳不再上升的时候／当地球不再转动／当春夏秋冬不再变化／当花草树木全部凋残／我还是不能和你分散／不能和你分散／你的笑容是我今生最大的眷恋

文言虽然改写为白话，比喻们却一仍其旧。林隆璇唱的《我爱你这样深》：

> 我爱你这样深/哪怕夏雨冬雷震/一朝决心不再为你等/情难灭霜雪难分

比喻们虽然一仍其旧，意思却不大通顺了——"夏雨"不等于"夏雨雪"，毋宁说意思正好相反，所以"雨"字减得，"雪"字却减不得的。钱钟书《管锥编》引用即说"冬雷夏雪"，高下立判。

痞子蔡的《第一次的亲密接触》推陈出新，用"无厘头"解构传统的比喻，大家顿时觉得新鲜了，其实还是不离民歌的传统：

> 如果把整个太平洋的水倒出，也浇不熄我对你爱情的火。/整个太平洋的水全部倒得出吗？不行。/所以我并不爱你。

四、外国诗歌里的发誓

不过，这种"惊天动地"式的誓言，要说只是中国诗人的专利，那倒也不尽然。比如日本的《万叶集》(759)里就唱道：

> 白日当空照，永恒不变形。天空无日照，我恋始能停。（3004 歌）

入海饰磨河，悠悠长逝水。河川有断流，我恋始能已。（3605 歌）（杨烈译）

苏格兰诗人彭斯（1759—1796）的《一朵红红的玫瑰》唱道：

我的好姑娘，你有多么美，/我的情也有多么深。/我将永远爱你，亲爱的，/直到大海干枯水流尽。

直到大海干枯水流尽，/太阳把岩石烧作灰尘，/我也永远爱你，亲爱的，/只要我一息犹存。（王佐良译）

其中海枯石烂的比喻来自苏格兰民谣。钱钟书引苏曼殊此诗译文《颖颖赤墙靡》（毅平按："墙靡"即蔷薇，亦即彭斯诗里的玫瑰）则别有趣味：

沧海会流枯，顽石烂炎熹，微命属如丝，相爱无绝期。①

德国诗人海涅（1797—1856）的《抒情插曲》第五十首也唱道：

我爱过你，而今还爱你！/即使世界化为灰尘，/从它的瓦砾之中/还有我的爱火上升。（钱春绮译）

不仅诗人的想象力大都不出"惊天动地"的范围，而且中译者脑海里似乎也都存有一首《上邪》。

---

① 钱钟书《管锥编》第二册，第 602 页。

在这种"惊天动地"式誓言中,相爱时间的绵绵不绝,一般都使劲往将来说,但也有反其道而行之,独出心裁往从前说的,如法国诗人伊凡·哥尔(1891—1950)的《马来亚之歌》其八唱道:

> 有生之初/我遂整装以待你的来到/我迎候你/计已万朝/地已缩小/山已低平/江已枯瘦/我的身躯已滋长于自我之外/它伸延,自黎明至黄昏/它已掩覆整个大地/你会踏在我的身上/不论你往向何处(胡品清译)

你会爱到海枯石烂,我却爱自盘古以来——虽然时间的方向相反,但时间的恒久却相同。我与天地万物已融合为一,你已无所遁形于我之大爱——诉说的情感别无二致,表现则令人耳目一新。其想象力的不同于众,不能不让人叹为观止。

五、誓言总是写在水上的

在有情人的耳朵里,誓言总不嫌夸张,总是声声入耳的。但是连马克思都说过,"誓言总是写在水上的"。男人的誓言尤其靠不住。如《邶风·谷风》里的男人,也曾对她说"及尔同死",但结果却是"反以我为仇";《卫风·氓》里的"氓",也曾经"信誓旦旦",对她说"及尔偕老",但结果还是把她给抛弃了,那曾经的誓言,反而让她伤心,成了一个莫大的讽刺:"及尔偕老——老使我怨!"

　　还因为"天有不测风云,人有旦夕祸福",人生充满了各种变数。就像《邶风·击鼓》中的士兵出征,告别自己的妻子,重申新婚时的誓约:"死生契阔,与子成说:执子之手,与子偕老。"但是一旦上了战场,就随时可能丧命,那曾经的白头到老的誓约,就会成为一张永难兑现的空头支票。"于嗟阔兮,不我活兮! 于嗟洵兮,不我信兮!"——可叹只得生离死别啊,让我无法活着归来啊! 可叹果真不幸言中啊,让我无法践履誓约啊!

　　"几千年过去了,中国人对浪漫仍无更多的奢求。"那个在考卷里这样评论"执子之手,与子偕老"的女生还年轻,也许还不知道,不管古往今来,无论海内域外,这要求本身仍是一种"奢求"。

　　"与子偕老"的誓言之所以让人,尤其是让女人们感动不已,正是因为在这种誓言的背后,存在着无数背约的事实。背约的原因有人事,也有天数。它实在太难、太难实现了!

　　不仅男人的誓言都是写在水上的,古希腊悲剧家索福克勒斯(前496—前406)竟然说:"我将女人的誓言写在水中。"钱钟书也说:"拉丁诗人叹女郎与所欢山盟海誓,转背即忘,其脱空经与捣鬼词宜于风起之虚空,波流之急水。"①——看来誓言的靠不靠得住,跟性别并无必然的关系。

---

　　① 钱钟书《管锥编》第三册,第974页。

唉，一切正如法国小说家米歇尔·比托尔的《变化》所说的：

> 现在他们心底里在多么真诚地发誓要互相忠实！但这种幻想又能持续多久呢？（朱静译）

或如法国唱作人查尔·阿兹纳弗的《昔日有》所唱的：

> 只要还有相恋的人，就有他们的誓言，跨越不过一个春天……（蒋依依译）

六、发誓当时即永恒

但也有人认为，誓言的靠不靠得住，本身就是个"伪命题"。他们认为，誓言的真谛，不是为了永恒，不是为了相信；誓言的真谛，只是说出口的刹那，那一刻就是"carpe diem"（拉丁语，意为"且乐今朝"），那一刻已是永恒！

"誓言总是写在水上的"——不管写的人是男是女——这话表达的与其说是绝望，不如说是希望——真绝望了，就不会这么说了。况且，哪怕誓言总是写在水上的，"写"本身仍不会是毫无意义的——逝去的爱依然是爱。

所以，生活里，文学中，我们还是发誓再发誓，哪怕我们转背即忘，哪怕我们不敢真信，其矛盾心态，诚如海涅的《抒情插曲》第十四首所唱：

> 不要发誓，只要接吻，/我对女人的发誓从不相信！/你的话儿说得真甜，/可是我亲着的吻更甜！/我有它，我就对它相信，/话儿只是空虚的嘘气烟云。
>
> 爱人啊，你不断地发誓吧，/我相信你嘴上的空话！/我只要倒在你的怀中，/我就相信，我是幸福无穷；/我相信，爱人啊，你会永远/而且比永远更久地和我相恋。（钱春绮译）

而其意义，犹如英国诗人丁尼生（1809—1892）的《悼念集》二十七所云：

> 我不妒忌从未作过盟誓的心，/尽管它可以自诩为幸福，/……宁肯爱过而又失却，/也不愿做从未爱过的人。（飞白译）

俄国小说家屠格涅夫（1818—1883）的《初恋》（1860）也表达过同样的意思：

> 我不希望将来我再有这样的感情；然而要是我一生不曾有过这样的感情，我就会觉得自己是不幸的了。（肖珊译）

又如席慕蓉的《印记》所说：

> 不要因为也许会改变/就不肯说那句美丽的誓言/不要因为也许会分离/就不敢求一次倾心的相遇/总有一些什么/会留下来的吧/留下来作一件不灭的印记/

好让好让那些/不相识的人也能知道/我曾经怎样深深
地爱过你

延伸阅读：

邵毅平《今月集：国学与杂学随笔》，上海，上海文化出
版社，2018 年。

第六讲
葬 花 三 章

"正是江南好风景,落花时节又逢君。"(杜甫《江南逢李龟年》)落花,是古典文学的传统题材,自诗骚以来,便广受古今文人的吟咏。今天,且说说与之相关的"葬花"。

《红楼梦》里的"黛玉葬花",是文学中的经典情节,也是千古流传的佳话,为"红迷"们所津津乐道。不过,其实它前有来龙,后有去脉,前可见古人,后可见来者。只不过它的榜样,不是文学中的情节,而是生活中的实事;而它的效颦,虽仍在文学中发生,却导向了新的文学。葬花三章,既串起了中国文学的明珠,也印证了审美趣味的变迁。

一、唐 伯 虎 葬 花

明弘治十八年(1505),唐寅三十六岁,是年,他在苏州桃花坞建成桃花庵别业。桃花坞是当时苏州的景胜之一,唐寅《姑苏八咏》组诗的第四首便是吟咏桃花坞的,从中可以想见桃花坞当日的景象："花开烂漫满村坞,风烟酷似桃源古。千林映日莺乱啼,万树围春燕双舞……"江南三月里的桃花是异常美丽的,一株两株尚不觉其奇,倘是千树万树,则如云如霞,欲烧欲燃,使人怦然心动,流连忘返。唐寅选择在桃花坞建造自己的别业,充满了浪漫气息与唯美色彩。

桃花庵成了唐寅后半生二十年的寄躯之地,也成了唐寅与朋友们的聚会之所。唐寅非常喜欢自己的这处别业,特地为它写了一首脍炙人口的《桃花庵歌》:

> 桃花坞里桃花庵,桃花庵里桃花仙;桃花仙人种桃树,又摘桃花换酒钱。酒醒只在花前坐,酒醉还来花下眠;半醒半醉日复日,花落花开年复年。但愿老死花酒间,不愿鞠躬车马前;车尘马足贵者趣,酒盏花枝贫者缘。若将富贵比贫贱,一在平地一在天;若将花酒比车马,他得驱驰我得闲。别人笑我忒风颠,我笑他人看不穿;不见五陵豪杰墓,无花无酒锄作田。

在这首诗中,唐寅透露了自己建造桃花庵别业的动机,乃是和他那非功利人生观息息相关的。正如他在《把酒对月歌》中也唱到的那样:"……我也不登天子船,我也不上长安眠。姑苏城外一茅屋,万树桃花月满天。"唐寅用作为非功利人生观之象征的"万树桃花"与满天月光,否定了作为功利人生观之象征的"长安"与"天子船"。在这个意义上也可以说,桃花庵本身便是唐寅非功利人生观的一个象征,是他那背时傲俗的生活态度的一个见证;而《桃花庵歌》则是他的这种人生观和生活态度的宣言,是对于"科场案"后绝望的人生处境的精神突围。

然而不限于此吧。在中国的诗歌传统中,一些常见的花卉意象,常被赋予特定的象征意义。正如杜甫"轻薄桃花逐水流"(《绝句漫兴》其五)之句所表现的,相比于"高洁"的梅花、"富贵"的牡丹之类,"夭夭"的桃花有时不免被视为"轻薄",带点"暧昧",常让人联想到美丽然而有点"妖"的女子,而她们也正是唐寅后半生不幸岁月中的慰藉。选择与桃花而不是梅花相伴的唐寅,联系他后半生那风流倜傥的生活来看,在其精神气质上和潜意识里,同样具有某种对传统审美定式的叛逆心理。

又据当时人记载,在桃花庵里,唐寅还有别开生面的"葬花"之举:"唐子畏居桃花庵,轩前庭半亩,多种牡丹。花开时,邀文徵仲、祝枝山赋诗浮白其下,弥朝浃夕,有时大叫痛哭。至花落,遣小伻一一细拾,盛以锦囊,葬于药栏东畔,作《落花诗》送之,寅和沈石田韵三十首。"(《六如居士外集》卷二《诗话》)

耐人寻味的是,唐寅咏的是桃花,葬的却是牡丹。牡丹与桃花,在中国诗歌中意象迥异。与桃花的"夭夭""轻薄"不同,牡丹则是富贵繁华的象征,也是大众审美趣味的标志。众所周知,宋代周敦颐的《爱莲说》,以"莲"象征"君子"

（士大夫），以"菊"象征"隐逸"（隐士），以"牡丹"象征"富贵"（世人）："自李唐来，世人盛爱牡丹"，"牡丹，花之富贵者也"，"牡丹之爱，宜乎众矣"。白居易曾讥刺："一丛深色花，十户中人赋。"（《秦中吟·买花》）欧阳修也写过："洛阳之俗，大抵好花。春时，城中无贵贱，皆插花，虽负担者亦然。花开时，士庶竞为游遨……至花落乃罢。"（《洛阳牡丹记》）明人之爱牡丹者，甚至撰有《牡丹史》："记一花木之微，至于规仿史例，为纪、表、书、传、外传、别传、花考、神异、方术、艺文等目，则明人粉饰之习。"（《四库全书总目提要》）一直到今天，在所谓"国花"的票选中，牡丹还总是名列榜首。

唐寅以吟咏桃花标榜自己的特立独行，却以葬牡丹显示了从众随俗的审美趣味，这与他在佯狂表象下骨子里的道德感，也就是他所谓的"些须做得功夫处，莫损心头一寸天"（《五十言怀》），应该也是一致的吧。后人也指出过同样的事实，说唐寅"虽任适诞放，而一毫无所苟"（蒋一葵《尧山堂外纪》）。我们看唐寅的字，稳重端方，中规中矩，也能感受到这一点。

二、林黛玉葬花

"葬花"这种非唐寅想不到、做不出的奇异举动，对后世的中国文学竟然发生了潜在的影响：《红楼梦》里著名的"黛玉葬花"情节，其实就是对唐寅葬牡丹之举的呼应。

《红楼梦》经常提到唐寅，可以看到唐寅的影响。如贾雨村论天地生人，有一等不上不下、亦正亦邪之人，则为情痴情种、逸士高人、奇优名倡，所举近日之人中即有唐伯虎（第二回《贾夫人仙逝扬州城　冷子兴演说荣国府》）；宝玉游宁国府花园赏梅，一时倦怠欲睡中觉，秦可卿引至上房内间，宝玉见贴着励志的《燃藜图》，心中便有些不快，秦氏转引至自己房内，见贴着唐伯虎香艳的《海棠春睡图》，宝玉便含笑连说"这里好"（第五回《游幻境指迷十二钗　饮仙醪曲演红楼梦》）；薛蟠邀宝玉赴席，说看见一张春宫，画得着实是好，是"庚黄"画的，宝玉猜是"唐寅"，薛蟠念了别字（第二十六回《蜂腰桥设言传心事　潇湘馆春困发幽情》）。以上这些对唐寅的正面评价，都反映了曹雪芹本人的看法。

在曹雪芹祖父曹寅（请注意与唐寅同名）的诗中，已有"百年孤冢葬桃花"之句，可见"葬花"乃是曹家祖传韵事，且已改葬牡丹为桃花。曹雪芹也许受过乃祖影响，但以动人的描写青出于蓝。

那一日正当三月中浣，早饭后，宝玉携了一套《会真记》，走到沁芳闸桥边桃花底下一块石上坐着，展开《会真记》，从头细玩。正看到"落红成阵"，只见一阵风过，把树头上桃花吹下一大半来，落的满身满书满地皆是。宝玉要抖将下来，恐怕脚步践踏了，只得兜了那花瓣，来至池边，抖在池内。那花瓣浮在水面，飘飘荡荡，竟流出沁芳闸去了。回来只见地下还有许多，宝玉正跚蹰间,只听背后有人说道:"你在这里作什么?"宝玉一回头,却是林黛玉来了,肩上担着花锄,锄上挂着花囊,手内拿着花帚。宝玉笑道:"好,好,来把这个花扫起来,撂在那水里。我才撂了好些在那里呢。"林黛玉道:"撂在水里不好。你看这里的水干净,只一流出去,有人家的地方脏的臭的混倒,仍旧把花遭塌了。那畸角上我有一个花冢,如今把他扫了,装在这绢袋里,拿土埋上,日久不过随土化了,岂不干净。"(第二十三回《西厢记妙词通戏语 牡丹亭艳曲警芳心》)

那是姐妹们与宝玉移居大观园后的第一个春天,时为中历三月中旬(据该年芒种日期推算,约当西历4月下旬),两人所葬的是桃花。看黛玉有花锄、花囊、花帚等全套行头,应是移居大观园后专为葬花置办的。在怜花惜花这方面,宝玉、黛玉不约而同,想到一块去了,说明他俩情趣相投,三观接近;而处理落花的方式,则宝玉接受黛玉的①。

又过了一个多月,到了中历四月二十六日,时交芒种节气(西历6月5、6日左右)。"尚古风俗:凡交芒种节的这日,都要设摆各色礼物,祭饯花神,言芒种一过,便是夏日了,众花皆卸,花神退位,须要饯行。然闺中更兴这件风俗,

---

① 此后,宝玉遵守黛玉的葬花方式惟谨:"香菱见宝玉蹲在地下,将方才的夫妻蕙与并蒂菱用树枝儿抠了一个坑,先抓些落花来铺垫了,将这菱蕙安放好,又将些落花来掩了,方撮土掩埋平服。"(第六十二回《憨湘云醉眠芍药裀 呆香菱情解石榴裙》)

所以大观园中之人都早起来了。"宝玉、黛玉再次葬花,这次葬的是凤仙、石榴等各色落花。

> 宝玉因不见了林黛玉,便知他躲了别处去了……因低头看见许多凤仙、石榴等各色落花,锦重重的落了一地,因叹道:"这是他心里生了气,也不收拾这花儿来了。待我送了去,明儿再问着他。"……便把那花兜了起来,登山渡水,过树穿花,一直奔了那日同林黛玉葬桃花的去处来。将已到了花冢,犹未转过山坡,只听山坡那边有呜咽之声,一行数落着,哭的好不伤感。(第二十七回《滴翠亭杨妃戏彩蝶　埋香冢飞燕泣残红》)

于是他便听到了正把些残花落瓣去掩埋、由不得感花伤己、哭了几声的黛玉随口念的葬花词,听到"侬今葬花人笑痴,他年葬侬知是谁","一朝春尽红颜老,花落人亡两不知"等句,宝玉不觉恸倒在山坡之上,怀里兜的落花撒了一地(第二十八回《蒋玉菡情赠茜香罗　薛宝钗羞笼红麝串》)。

看黛玉整个春天不止一次地葬花,就可以知道,她葬的不是某种特定的花,而是各种花。她葬花的目的,是让花日久随泥土化了(其实不葬花随它去,也能达到同样目的,如陆游《卜算子·咏梅》的"零落成泥碾作尘,只有香如故",龚自珍《己亥杂诗》的"落红不是无情物,化作春泥更护花"),而不要被人踩踏糟践。更重要的是,她把自己拟物化为落花,以落花象征自己的命运,借葬花表达自己的心愿:"愿奴胁下生双翼,随花飞到天尽头。天尽头,何处有香丘?未若锦囊收艳骨,一抔净土掩风流。质本洁来还洁去,强于污淖陷渠沟。"唐寅葬花无此自喻色彩。

在黛玉所葬的各种花卉中,最具象征意义的应属桃花。在第七十回《林黛玉重建桃花社　史湘云偶填柳絮词》里,黛玉还写了一首《桃花行》,把自己与桃花作了对比。如上所述,同样是葬花,唐寅咏的是桃花,葬的却是牡丹;而黛玉葬花,其实是在继承唐寅葬花的基础上,把唐寅的咏桃花、葬牡丹双轨合一,把葬花从风流之举和行为艺术,转化为一种人格宣示和命运预言,从而将葬花提升到了一个新的境界。

而黛玉那首让宝玉听了"不觉恸倒"的葬花词,那首宝玉读了不觉滚下泪来的《桃花行》,其流丽婉转的节奏和回环往复的结构,让人强烈地感受到了《桃花庵歌》的影子。这种节奏流丽婉转、结构回环往复的七言歌行,到初唐张若虚的《春江花月夜》等本已臻于极致,但在宋以后却受制于一脸严肃的律诗而难得再见。因而,唐寅喜作以《桃花庵歌》为代表的这类七言歌行(唐寅集中有《咏春江花月夜》七言诗一首、《春江花月夜》五言诗二首),曹雪芹借黛玉之口咏葬花词、《桃花行》及"拟《春江花月夜》之格"的《秋窗风雨夕》(第四十五回《金兰契互剖金兰语　风雨夕闷制风雨词》),其实也可以看作是他们对宋以后诗歌陈陈相因境况的一种审美突围,而这种审美突围,与在现实生活里他们对绝望的人生处境的精神突围也是一致的吧!

三、何梦霞葬花

近代小说《玉梨魂》(1912)里何梦霞葬梨花的场面，自称效仿了《红楼梦》中黛玉葬桃花等情节，也带有唐寅在桃花庵中葬牡丹的影子。

《玉梨魂》开宗明义第一章就是"葬花"，写主人公何梦霞客居窗外有两株花，一株是已经开残的梨花，一株是含苞欲放的辛夷，风神态度不一其情，荣悴开落各殊其遇。何梦霞同情已残之梨花，无视方开之辛夷，人之所弃，彼独爱之，人之所爱，彼独弃之。是夜东风大作，梨花飘零，他替花担忧，一夜未睡。早起推窗而望，惨见枝头褪雪，地上眠痕，一片白茫茫，触眼剧生悲痛。

> （梦霞）荷锄携囊而出，一路殷勤收拾，盛之于囊，且行且扫，且扫且哭，破半日功夫，而砌下一堆雪，尽为梦霞之囊中物矣。梦霞荷此饱盛花片之锦囊……急欲妥筹一位置之法，而踌躇再四，不得一当。忽猛醒曰："林颦卿葬花，为千秋佳话，埋香冢下畔一块土，即我今日之模型矣！前事不忘，后事之师。多情人用情，固当如是。我何靳此一举手一投足之劳，不负完全责任，而为颦卿所笑乎？"语毕，复自喜曰："我有以慰知己矣！"遂欣然收泪，臂挽花锄，背负花囊，抖擞精神，移步近假山石畔……寻得净土一方，锄之成窖，旋以花囊纳诸其

中,后以松土掩其上,使之坟起,以为后日之认识……此时梦霞之面上,突现出一种愁惨凄苦之色,盖彼忽感及夫身世之萍飘絮荡,其命之薄,正复与此花如出一辙……于是高吟颦卿"侬今葬花人笑痴,他年葬侬知是谁"之句,不觉触绪生悲,因时兴感……埋香冢前之颦卿,犹有一痴宝玉引为同调,今梦霞独在此处继续颦卿之举,颦卿固安在耶?笑梦霞之痴者何人耶?能与梦霞表同情而陪泪者又何人耶?梦霞之知己,则仅此冢中之花耳……梦霞至此,已哭不成声矣。

一望而知,这是对于"黛玉葬花"的深度模仿。然以年过弱冠之文艺青年,效颦豆蔻年华之多情少女,在后世读者看来,总不免有点滑稽。如果何梦霞葬花止步于此,那就不值得读者多费精神了,正如宝玉看到龄官手拿簪子在地上画"蔷"字,却误以为她是在掘土葬花时所批评的那样:"难道这也是个痴丫头,又象颦儿来葬花不成?若真也葬花,可谓'东施效颦',不但不为新特,且更可厌了。"(第三十回《宝钗借扇机带双敲 龄官划蔷痴及局外》)

然而,《玉梨魂》既把"葬花"置于篇首,使之成为全书的引子与纲领,则其意义自不会止于"效颦"。果然读下去读者才知道,原来梨花和辛夷,分别象征何梦霞客中邂逅的两位女子,一位是其所教学生的寡母白梨影,一位是白梨影的小姑崔筠倩。何梦霞挑战当时的世俗观念,不爱青春未嫁的崔筠倩,偏爱年长守寡的白梨影,演出了一曲荡气回肠的浪漫悲歌,最终以白梨影以死报小姑、崔筠倩以死殉寡嫂、何梦霞在武昌首义中以殉国代殉情而告结束。小说以何梦霞葬花始,以何梦霞凭吊花冢终,梨花与白梨影二而一,构成了一个完整的闭环。"始则独哭此花,既则与人(白梨影)同哭此花,今则复哭此同哭此花之人。花魂逝矣,花影灭矣,哭花以哭人,复哭人以哭花……而此一部悲惨之《玉梨魂》,以一哭开局,亦遂以一哭收场矣。"(第二十八章《断肠》)黛玉葬花无此结构功能。

　　"寂寞空庭春欲晚,梨花满地不开门。"(刘方平《春怨》)"砌下梨花一堆雪,明年谁此凭阑干。"(杜牧《初冬夜饮》)"惆怅东栏一株雪,人生看得几清明。"(苏轼《东栏梨花》)"欲黄昏,雨打梨花深闭门。"(李重元《忆王孙·春词》)在中国诗歌的花卉意象中,梨花以"飘零""伤逝"为其特征,故《玉梨魂》以之喻白梨影。何梦霞的葬梨花,仿林黛玉的葬桃花,却又不一其趣,加上唐寅的葬牡丹,遂成鼎足之势,显示了时尚的变迁。

　　在今天看来,虽然已非传统的才子佳人小说,但这仍是一个俗套的言情故事;然而在民初当时,传统小说中并无此类作品,也不见类似的内容和观念(爱上一个不该爱的人),而应是受了外来小说的影响,比如《巴黎茶花女遗事》(1899)之类(在第二十九章《日记》中,作者徐枕亚借何梦霞友人秦石痴之口,变相誉己为"东方仲马")。小说第十八章《对泣》,写两情人受奸人播弄,不得已竟夕谈衷释疑,长夜将尽,白梨影促何梦霞离去:"'今日之事,可一而不可再。天将明矣,君宜速去,此间不可以久留也。'乃低唱泰西《罗米亚》(《罗密欧与朱丽叶》)名剧中'天呀天呀,放亮光进来,放情人出去'数语,促梦霞行。梦霞不能复恋,珍重一声,惨然遽别。"——竟然唱起了西剧中的黎明怨别曲(alba),有力地暗示了其所受的外来影响。然而发乎情仍止乎礼义,感以心而不以行迹,小说最终与《罗密欧与朱丽叶》貌合神离,显示了其"半吊子"的尴尬。

然则,接受外来影响的民初小说,仍需以"葬花"这一旧瓶,来装新内容新观念的新酒,表现新旧道德观念的冲突,其间种种凿枘可笑之处,却值得后世读者的同情。这是因为,没有这样一个尝试摸索的过程,也就不会有后来的"五四"新文学。

巧合的是,现实中的唐寅,小说中的林黛玉、何梦霞,这些葬花的奇人都是姑苏人。然而,写林、何葬花的都不是姑苏人。这应是文人们于有意无意间,在向葬花的鼻祖唐寅致敬吧。

延伸阅读:

唐寅《唐寅集》,周道振、张月尊辑校,上海,上海古籍出版社,2013年。

曹雪芹《红楼梦》,北京,人民文学出版社,1982年。

徐枕亚《玉梨魂》,南昌,百花洲文艺出版社,1993年。

小仲马《茶花女》,王振孙译,上海,上海译文出版社,2018年。

第七讲
情 场 与 战 场

你恩我爱有情场,你死我活有战场。情场与战场,宛如爱与恨的两极,然而在文人的笔下,却息息相通。

一、情 场 如 战 场

众所周知,中国古典小说每喜用战争术语描写男女关系,视情场如战场,视恋爱如打仗,在这两件"风马牛不相及"的事中找到共同点,从而造成一种令人忍俊不禁的喜剧效果。

> 雨将云兵起战场,花营锦阵布旗枪。手忙脚乱高低敌,舌剑唇刀吞吐忙。(《欢喜冤家》第一回《花二娘巧智认情郎》)

《三国演义》里刘备东吴招亲那段,写孙尚香性情刚勇,志胜男儿,自幼好观武事,房中摆满兵器:"主公有一妹,极其刚勇,侍婢数百,居常带刀,房中军器摆列遍满,虽男子不及。""吴侯之妹,身虽女子,志胜男儿。常言:'若非天下英雄,吾不事之。'"刘备新婚之夜,入洞房如入营房,心寒胆惊,着实被吓得不轻,颇让人忍俊不禁,也是很富于喜剧色彩的:

> 数日之内,大排筵会,孙夫人与玄德结亲。至晚客散,两行红炬,接引玄德入房。灯光之下,但见枪刀簇满;侍婢皆佩剑悬刀,立于两傍。唬得玄德魂不附体。正是:惊看侍女横刀立,疑是东吴设伏兵。(第五十四回《吴国太佛寺看新郎 刘皇叔洞房续佳偶》)

> 却说玄德见孙夫人房中两边枪刀森列,侍婢皆佩剑,不觉失色。管家婆进曰:"贵人休得惊惧:夫人自幼好观武事,居常令侍婢击剑为乐,故尔如此。"玄德曰:"非夫人所观之事,吾甚心寒,可命暂去。"管家婆禀覆孙夫人曰:"房中摆列兵器,娇客不安,今且去之。"孙夫人笑曰:"厮杀半生,尚惧兵器乎!"命尽撤去,令侍婢解剑伏侍。当夜玄德与孙夫人成亲,两情欢洽。(第五十五回《玄德智激孙夫人 孔明二气周公瑾》)

"刀光如雪洞房秋,信有人间作婿愁。烛影摇红郎半醉,合欢床上梦荆州。"袁枚《孙夫人》诗不胜同情刘备道。这个新婚洞房情节,因其场面反差强烈鲜明,故颇刺激读者神经。

张爱玲则不仅视恋爱如战争或革命,而且以为在情调上它们应当是近亲:"我以为人在恋爱的时候,是比在战争或革命的时候更素朴,也更放恣的……真的革命与革命的战争,在情调上我想应当和恋爱是近亲,和恋爱一样是放恣的渗透于人生的全面,而对于自己是和谐。"(《自己的文章》)。

二、战 场 如 情 场

情场既如战场,战场亦如情场。我们想起了《水浒传》里"色胆能拼不顾身"的好色之徒矮脚虎王英,挑逗却又打不过"天然美貌海棠花"的一丈青扈三娘,反被扈三娘轻舒猿臂活捉了去。两人的斗敌场合颇具喜感,也暗含了惯有的隐喻双关:

> 那来军正是扈家庄女将一丈青扈三娘,一骑青鬃马上,轮两口日月双刀,引着三五百庄客,前来祝家庄策应。宋江道:"刚说扈家庄有这个女将好生了得,想来正是此人,谁敢与他迎敌?"说犹未了,只见这王矮虎是个好色之徒,听得说是个女将,指望一合便捉得过来,当时喊了一声,骤马向前,挺手中枪便出迎敌一丈青。两军呐喊,那扈三娘拍马舞刀来战王矮虎。一个双刀的熟闲,一个单枪的出众,两个斗敌十数合之上。宋江在马上看时,见王矮虎枪法架隔不住。原来王矮虎初见一丈青,恨不得便捉过来,谁想斗过十合之上,看看的手颤脚

麻,枪法便都乱了,不是两个性命相扑时,王矮虎却要做光起来。那一丈青是个乖觉的人,心中道:"这厮无理!"便将两把双刀,直上直下,砍将入来。这王矮虎如何敌得过,拨回马却待要走,被一丈青纵马赶上,把右手刀挂了,轻舒猿臂,将王矮虎提离雕鞍,活捉去了。(第四十八回《一丈青单捉王矮虎　宋公明两打祝家庄》)

后来扈三娘又被林冲活捉了过来,结果深知王矮虎好色的宋江,让他如愿以偿地配了扈三娘:"次日又作席面,宋江主张,一丈青与王矮虎作配;结为夫妇。众头领都称赞宋公明仁德之士。"(第五十回《吴学究双用连环计　宋公明三打祝家庄》)这对夫妇,堪称梁山泊里最萌身高差,容与堂刻本《水浒传》书前评论文字赞道:"更可喜者,如以一丈青配合王矮虎……一长一短……天地悬绝,真堪绝倒,文思之巧,乃至是哉!"

我们又想起了杨宗保、穆桂英不打不相识的故事(见京剧《穆柯寨》《穆天王》《辕门斩子》等),尤其是杨宗保也是穆桂英的手下败将,却因为穆桂英慧眼识得英雄,后来结成为史上有名的恩爱夫妻。穆桂英视战场如情场,借打仗来相亲,把敌人当恋人了。

《西洋记》里的女将也是如此。爪哇国女强人王神姑,一边与咬海干大战,一边心里计较嘀咕:"我本是一员女将,在此纠集强徒落草为业,眼前虽好,日后却难。俺看此人一貌堂堂,双眸炯炯,俺若得这等一个汉子,带绾同心,枝头连理,岂不为美?"(第三十六回《咬海干邻国借兵 王神姑途中相遇》)女儿国女将王莲英,一边与南朝唐状元厮杀,一边想着做状元奶奶:"王莲英听见说道'状元'二字,愈加满心欢喜,想道:'……世上只有状元是个第一等的人,我今日拿住了他,尽晚上和他鸾交凤友,到了明日早上起来,我就是状元奶奶,好快活也!'"(第四十七回《马太监征顶阳洞 唐状元配黄凤仙》)。两男将均不敌两女将,成了她们的手下败将;两女将则都如穆桂英,在斗敌中寻觅老公呢。

1921 年,芥川龙之介造访中国,从上海到北京,一路上看了许多京剧,据他自己统计,一共看了有六十余出,参考京剧台本集《戏考》,他看出了其中的一个门道:

> 不是男人捉女人,而是女人捉男人。——肖伯纳在《人和超人》里曾把这个事实戏剧化了。然而把这个戏剧化了的并不是从肖伯纳开始的。我看了梅兰芳的《虹霓关》,才知道中国已经有注意到这种事实的戏剧家。不仅如此,在《戏考》这本书里,除《虹霓关》之外,还记载了女人运用孙吴兵法和使用剑戟来捉男人的不少故事。
>
> 《董家山》的女主角金莲、《辕门斩子》里的女主角桂英、《双锁山》里的女主角金定,都是这样的女豪杰。看那《马上缘》的女主角梨花,她不仅把她所喜爱的年轻将军从马背上捉下来,并且不顾对方说对不起自己的妻子,硬是和他结了婚。胡适先生曾对我说:"除了《四进士》,我对全部京剧的价值都想加以否定。"但是

这些京剧至少都是富有哲学性的。哲学家的胡适先生在这个价值面前，难道不应该把他的雷霆之怒稍微缓和一些吗？（《侏儒的话·看〈虹霓关〉》，吕元明译）

"女人捉男人"，芥川龙之介抓住了这类题材京剧的关键；而"女人捉男人"的目的，则无非是为了嫁给他。在芥川龙之介枚举的"女人捉男人"戏目中，不仅有捉住后不惜"重婚"的女人（《马上缘》），竟还有因此泯灭了杀夫之仇的（《虹霓关》），都有点惊世骇俗的味道了。

三、赛美如比武

上述这种情场与战场相通的写法，在中国古典戏曲小说中司空见惯，也曾影响及于同属汉文化圈的东亚各国，在此我们姑举几个朝鲜半岛的例子。

在人气韩剧《来自星星的你》里，神通广大的都教授很不屑千姑娘只会看漫画，夸示自己喜爱的"人生之书"是《九云梦》。这是17世纪末朝鲜文人金万重所作的汉文小说，在朝鲜半岛文学史上地位崇高，被中国的出版商誉为"韩国的《红楼梦》"。小说虽然看上去如此的"高大上"，其实却是一部不折不扣的"罗曼司"，书中男主角杨少游娶了八个美女，九个人幸福地生活在一起，会让今天的读者觉得匪夷所思。

在第八回《宫女掩泪随黄门　侍妾含悲辞主人》里，写杨少游奉命率大军征伐吐蕃，吐蕃赞普派女剑侠沈袅烟行刺。沈袅烟却与杨少游有前世之缘，遂弃赞普之命而投向杨少游，两人就在军营中成其好事：

> 因与同寝，以枪剑之色，代花烛之光；以刁斗之响，替琴瑟之声。伏波营中，月影正流；玉门关外，春色已回。戎幕中一片豪兴，未必不愈于罗帏彩屏之中矣。

作者把情场置于战场，所写战场景致语涉双关，既可以认为是实景，也可说是暗示或象征，从而战场情场交相辉映，场面反差强烈鲜明，沿袭《三国演义》的上述写作手法，化用刘备入洞房桥段不露痕迹，含蓄从容，推陈出新，让人不由得不佩服其巧思（这方面的登峰造极之作，应属 007 邦德系列电影）。

在第十四回《乐游园会猎斗春色　油壁车招摇占风光》里，作者频繁使用战争术语和典故，描述美女歌舞游猎的技艺大赛，堪称上述写作手法的另类活用。

话说越王邀请丞相杨少游出城赏春，实则是要与杨少游比赛美女。郑夫人马上领会了越王的意图，将其来信看作是一道战书，把自己这些妻妾看成是"军兵"，把比赛看作是红蓝两军对阵，以为即使游戏也须严阵以待："军兵虽养之十年，用之在一朝。"下令曾为青楼双绝的两妾桂蟾月、狄惊鸿严格操练女乐，以迎战越王宫中的青楼第三绝色万玉燕。

在决战前夕，杨少游不免轻敌："然青楼绝色只有三人，而今我已得伏龙、凤雏，何畏项羽之一范增乎？"狄惊鸿也信心满满："吾两人横行于关东七十余州，擅名之妓乐无不听之，鸣世之美色无不见之，此膝未曾屈也，何可遽让于玉燕乎？世有倾城倾国之汉宫夫人，为云为雨之楚台神女，则或有一毫自歉之心，不然，彼玉燕何足惮哉？"桂蟾月则信心不足："贱妾恐不可敌也。越宫风乐，擅于一国；武昌玉燕，鸣于九州。越王殿下既有如此之风乐，又有如此之美色，此天下之强敌也。妾等以偏师小卒，纪律不明，旗鼓不整，恐未及交锋，便生倒戈之心也。妾等之见笑不足关念，而只恐贻羞于吾府中也……然则越宫中粉其腮而胭其颊者，无非八公山草木也，有走而已，吾何敢当哉？"还嘲笑狄惊鸿说大话："此以孙、吴而为敌，与贲、育而斗力，非庸将孺子所抗也。况玉燕，即帷幄中张子房也，能决胜于千里之外，何可轻之？今鸿娘徒为赵括之大谈，吾见其必败也。"一时间历代名将云集，三大名妓不知为何就被比作了异代不同时的伏龙、凤雏和范增（乱点鸳鸯谱），也不知为何孙子、吴起、孟贲、夏育、赵括就和张良、苻坚并肩战斗在了一起（关公战秦琼）。美女比赛硝烟四起，八公山上草木皆兵。

好在狄惊鸿"大言未必无实"，"以一言使越宫夺气"，自比入吴游说的诸葛亮和入楚游说的毛遂："诸葛孔明以片舸入江东，掉三寸之舌，说利害之机，周公瑾、鲁子敬辈惟口呿喘息而不敢吐气；平原君入楚，所从十九人，皆碌碌无成事，使赵重于九鼎大吕者，非毛先生一人之功乎？"（第十五回《驸马罚饮金屈卮　圣主恩借翠微宫》）终使杨少游阵营大获全胜，凯歌而还。然而桂蟾月犹自不服气，说狄惊鸿上不了真战场："鸿娘弓马之才不可谓不妙，而用于风流阵则虽或可称，置于矢石场则安能驰一步而发一矢乎？"

　　作者饱读中国史书，又熟悉中国小说，了解上述写作手法，遂把情场当作战场，把赛美当作比武，不禁写得兴高采烈，七搭八搭。

　　而曾经的人气韩剧《我的野蛮女友》，则堪称"女人捉男人"题材的现代版，也应来自于东亚文学的这一文脉。

四、敌人如恋人

　　其实西方文学也有视情场如战场的传统，奥维德有"每个恋人都是战士"（Militat omnis amans）的诗句，古希腊神话里的爱神和战神也正是偷情的一对。塞万提斯的堂吉诃德也说："该知道恋爱和打仗同是争夺：兵不厌诈；恋爱也可以出奇制胜，只要不损害情人的体面。"（《堂吉诃德》第二部第二十一章）普鲁斯特则认为，情场虽如战场，法则却正相反："爱情和战争相反，你越是被打败，你提的条件就越苛刻、越严厉，如果你还有能力向对方提条件的话。"他还把交际花奥黛特的魅力说成"具有战争威力"（《追忆似水年华》第二卷第一部）。

战争术语可用于情场,反之,甜言蜜语也可用于战场。英国文艺复兴时期剧作家约翰·弗莱彻(John Fletcher)的戏剧《布迪卡》(*Bonduca*)里,便有一段奇葩发言,视战场如情场,把敌人当恋人:

> *Caratach*. I love an enemy; I was born a soldier;
> And he that in the head on's troop defies me,
> Bending my manly body with his sword,
> I make a mistress. Yellow-tressèd Hymen
> Ne'er tied a longing virgin with more joy,
> Than I am married to that man that wounds me.
> [I. i.]

> 卡拉塔克:我热爱敌人;我生来是个士兵;
> 谁要在队伍中最先挑战了我,
> 用利剑逼我这堂堂男儿折腰,
> 我就成了他的情妇。金发的海门①
> 也不会给怀春少女带来更多幸福,
> 比起让我嫁给那个让我受伤的人。
> (第一幕第一场)

卡拉塔克是西元初不列颠最杰出的将领之一,其事迹见于塔西佗《编年史》卷十二(他在罗马史书中名为“卡拉塔

---

① 海门是古希腊神话中司婚姻之神。

库斯")。他骁勇善战,在反抗罗马人对不列颠的征服中,多次取得了局部或全面的胜利。"由于(50年)这次抗战,他的名声超出了他本国岛屿,传遍附近各行省,乃至意大利本土也都知道了他的名字。因为这些地方的居民都很想看一看在这样多年中间敢于同我们的强大威力相抗衡的这个人是怎样一个人。甚至在罗马,卡拉塔库斯的名字都是很有名的。"

在约翰·弗莱彻的《布迪卡》里,卡拉塔克对强大的罗马敌人尊重乃至热爱,将自己比作渴望婚姻的怀春少女,且有过之而无不及,于是战场上的战败,遂等同于情场上的屈服。这与奥维德的诗句、《堂吉诃德》的说法,以及《三国演义》《九云梦》里的表现,形成了鲜明的对照,而与《水浒传》《西洋记》《穆柯寨》《穆天王》《辕门斩子》中的情节,形成了奇妙的呼应,后者不仅可以为卡拉塔克的奇葩发言提供佐证,而且以"女人捉男人"而在趣味性上更胜一筹。

而据塔西佗的《编年史》说,卡拉塔克最后真的心想事成,如愿"嫁"给打败了他的罗马人!在50年的那次战役中,卡拉塔克果然战败被俘。凯撒让战俘们列队走过被邀来参观的民众面前,以夸耀罗马人的胜利和不列颠人的失败。"别人由于害怕而不光彩地讨饶了。但是卡拉塔库斯本人既不垂头丧气,更不说一句乞怜的话。他来到座坛面前,便讲了这样的话:'……这有什么奇怪呢?如果你们想统治整个世界,难道世人会欢迎自己被人奴役么?如果我不作抵抗便投降你们,然后被带到你们跟前来,那么就不会有很多人知道我的失败或你们的胜利了。你们惩罚了我之后,这事也就会被人们忘记了。但是如果你们是保留我的性命,我将永远会记住你们的宽大。'凯撒赦免了他、他的妻子和他的兄弟。"

延伸阅读:

　　罗贯中《三国演义》,北京,人民文学出版社,2022 年。

　　施耐庵、罗贯中《水浒传》,北京,人民文学出版社,1997 年。

　　《九云梦校注》,金万重著,邵毅平、李岑校注,上海,上海古籍出版社,2023 年。

　　塔西佗《编年史》,王以铸、崔妙因译,北京,商务印书馆,1983 年。

第八讲
雪月花时最忆君

一、"日本的美"的核心

1968 年,川端康成(1899—1972)获得诺贝尔文学奖,获奖代表作《雪国》《千羽鹤》《古都》。这是日本作家第一次获得该奖,也是继泰戈尔之后,第二个获得该奖的亚洲作家。

在当年末举行的诺奖颁奖典礼上,川端康成作了题为"我在美丽的日本"的获奖演说。在这篇著名的演说中,川端康成介绍了在原行平、小野小町、紫式部、清少纳言、和泉式部、赤染卫门、永福门院、西行法师、亲鸾、道元禅师、明惠上人、良宽、一休、池坊专应、千利休、芥川龙之介等代表日本文化的名人,禅宗、庭园、茶道、插花、古伊贺陶瓷、书道、东洋画、和歌、物语等代表日本文化的事物,向西洋人展示了眼花缭乱的日本文化传统,一个琳琅满目的"日本的美"

的世界。

而其所宣示的"日本的美"的核心,尤在对自然美的敏锐感受,以及与之交织的人情之美。他用一句诗来概括和表达这种"日本的美":

> 以研究波提切利而闻名于世、对古今东西美术博学多识的矢代幸雄博士,曾把"日本美术的特色"之一,用"雪月花时最怀友"的诗句简洁地表达出来。当自己看到雪的美,看到月的美,也就是四季时节的美而有所省悟时,当自己由于那种美而获得幸福时,就会热切地想念自己的知心朋友,但愿他们能够共同分享这份快乐。这就是说,由于美的感动,强烈地诱发出对人的怀念之情。这个"朋友",也可以把它看作广泛的"人"。另外,以"雪、月、花"几个字来表现四季时令变化的美,在日本这是包含着山川草木,宇宙万物,大自然的一切,以至人的感情的美,是有其传统的。日本的茶道也是以"雪月花时最怀友"为它的基本精神的,茶会也就是"欢会",是在美好的时辰,邀集最要好的朋友的一个良好的聚会。(唐月梅译)

当我第一次读到这篇演说,尤其是以上这一段时,有一种难以言说的震动:川端康成这篇以向西洋人介绍"日本的美"为主旨的演说,用来概括和表达"日本的美"的诗句"雪月花时最怀友"(日文原文为"雪月花のとき、最も友を思う"），却恰恰来自中国唐朝诗人白居易的诗歌（《白居易集》卷二十五《寄殷协律》）！

白居易诗句原作"雪月花时最忆君"，矢代幸雄、川端康成引用时，把特指对方的"君"，改成泛指朋友的"友"，更看作广泛的"人"，使其关涉范围更广，但基本意思不变。

白居易此诗作于唐大和二年（828），距川端康成引用它的 1968 年，整整相隔了一千一百四十年！一句古老的唐诗，经过日本作家之口，在西方世界悠然醒转。

作为一个中国人，看到这样的引用，第一反应当然是巨大的自豪感：在这样一个日本人引以为荣的场合，川端康成却用中国的诗句来表达"日本的美"，这说明中国文化对日本的影响是多么的巨大！

与此同时，白居易的这句诗，也像打上了耀眼的聚光灯，其中所蕴含的自然美和人情美，不禁让我们刮目相看，更多了一层新的体悟与感受。

当然，心里也不免隐隐狐疑：矢代幸雄、川端康成知道它是中国的诗句吗？在这样一个民族主义盛行的时代，他们作为日本人这么引用合适吗？

二、风靡日本的白居易诗

但不管他们知道不知道，作为中国人，我们知道这一引用的历史文化背景，那就是日本千百年来对于中国文化的受容。白居易诗歌从平安时期开始在日本的流传和影响，只不过是这一历史长河中的一朵小小的浪花；而矢代幸雄和川端康成的引用，则不过是这朵浪花的现代之舞。

白居易的这句"雪月花时最忆君"，与其上句"琴诗酒伴皆抛我"一起，以"联"的形式（平安文人欣赏汉诗的一种方式），收入大江维时（888—963）编的《千载佳句》（925—929）卷上"人事"部"忆友"类，又收入藤原公任（966—1042）编的《和汉朗咏集》（约 1018）卷下"交友"类。这两部和汉佳句选集，是平安文人受容汉文学的指南和津梁，千百年来，汉诗佳句通过它们在日本广泛传播。

但在中国，几乎所有的流行选本中，都没有收入过白居易此诗。检索"中国基本古籍库"，清代以前选本没有选入此诗的；清康熙时杜诏、杜庭珠选《中晚唐诗叩弹集》，徐倬选《全唐诗录》，乾隆御纂《唐宋诗醇续录》，此诗始见收入，但这些大都是流传很少、无甚影响的选本。《佩文韵府》"君"字下收有此句；吴仰贤《小匏庵诗话》卷一"香山律诗句法多新创"云云，首例引此联；宝廷集句有"相思相见知何日，雪月花时最忆君"之句；可见有些清人或比较熟悉此句。

这也许是因为，此诗虽有佳句佳联，全诗却不过平平而已；也许更是因为，即使其中有佳句佳联，也不过是"吟风弄月"而已。

白居易诗歌传入日本以后，风靡了整个平安文坛，而同时传入日本的其他唐代诗人的诗歌，包括李白、杜甫的诗歌,则对平安文学没有发生什么大的影响;杜甫的文集甚至失载于反映9世纪末以前传入日本的汉籍之大成的藤原佐世的《日本国见在书目录》(891)。大小李杜的诗句均不见于反映平安文人趣味的中日汉诗文佳句及和歌佳句选集《和汉朗咏集》,而白诗佳句则占了其中唐诗佳句全体的三分之二以上篇幅。

在白居易的诗歌中,最受欢迎的不是"为民请命"的讽喻诗,而是"吟风弄月"的感伤诗。当然,也不是说讽喻诗就完全没有市场,比如当时也有辅仁亲王的《见卖炭妇》、藤原忠通的《卖炭翁》等,后来江户时期也有田能村竹田的《卖瓮妇》、坂井虎山的《卖花翁》等,此外,日语文学也有受到《卖炭翁》影响的,但这些毕竟都不成气候。

虽然后来日本的汉学家一再提醒国人:别沉溺于白居易的感伤诗,诗人自己最重视的其实是讽喻诗;也别一窝蜂地"粉"白居易,李白、杜甫在中国的地位更高……但日本的非汉学家们好像并不买账,矢代幸雄、川端康成便是现成的例子。

三、"为民请命"还是"吟风弄月"

白居易的文学观原本是重讽喻、轻风月的,主张"文章合为时而著,歌诗合为事而作",批评梁陈诗"率不过嘲风雪,弄花草而已",批评李杜诗"索其风雅比兴,十无一

焉……亦不过三四十首",自认为最得意之作是《新乐府》
《秦中吟》。

但事与愿违,在唐代,他最受欢迎的却并不是讽喻诗,
而是感伤诗和杂律诗,《长恨歌》《琵琶行》尤其脍炙人口:
"今仆之诗,人所爱者,悉不过杂律诗与《长恨歌》已下
耳……至于讽喻者,意激而言质,闲适者,思澹而词迂,以质
合迂,宜人之不爱也。"

当时喜欢他讽喻诗的只有三个人,不幸两个还刚喜欢
上就死了,剩下一个元稹也因此"十年来困踬若此",于是他
不得不寄希望于千百年后(以上均见《白居易集》卷四十五
《与元九书》)。就此而言,平安时期的文学风尚与唐代殊无
不同。

但宋代的文学风尚变了,诚如明人李梦阳所云:"宋人
主理,作理语,于是薄风云月露,一切铲去不为。"(《空同集》
卷五十二《缶音序》)这一看法是否符合宋诗的实际是可以
讨论的,但批评宋诗"薄风云月露"还是一针见血的。

其时祝允明也曾断言"诗死于宋",具体言之,"诗忌议
论,而宋诗以议论为高"(《祝子罪知录》卷九)。祝允明所谓
"议论",其实也就是李梦阳"理语"之意。

文学风尚的这一变化本来符合白居易的"理想",可以
说他对未来的希望在宋代终于变成了现实。但具有讽刺意
味的是,宋人又不满意白居易没有将讽喻进行到底,连篇累
牍的都是迎合一般读者的通俗之作:"初,颇以规讽得失。

及其多，更下偶俗好，至数千篇。"——他对李杜的批评绕了一个圈子，又被宋人送还给了他。

所以，《新唐书》的《白居易传》比《旧唐书》的大幅缩水，评价也明显绵里藏针，暗存讥讽。

宋以后对于白居易诗歌的评价，总体上是宋式看法占了上风。

即使到了今天，在对白居易诗歌的评价上，还基本上唯宋人马首是瞻。1949年以后，曾把白居易誉为"人民诗人"加以褒扬；而矫枉者又以为，白居易留下的约三千余首诗中，只有百来首是"为民请命"的，其余都不过是"吟风弄月"之作，所以他称不上是"人民诗人"。

其实两派意见的评价标准都是一样的："为民请命"的才是好诗，"吟风弄月"的则无甚价值。

四、风 月 不 同 天

是的，在中国，"雪月花"，或加上"风"的"风花雪月"，或去掉"雪"，加上"风""鸟"的"花鸟风月"，或者其简称"风月"（如旧时茶馆里张贴的"莫谈国事，只谈风月"），或者加上动词的"吟风弄月"……历来都是含有贬义的词语。

而在日本，就像川端康成所阐发的，"雪月花"代表了四季与自然的美，是非常正面、优美、抒情的意象（日本的百年老铺多有以"风月"命名者，此刻我手头就有一把店名"风月"的广告扇）。

日本当然也会有类似中国的载道文学观,尤其是在朱子学盛行的江户时期。如林鹅峰激赏辅仁亲王的《见卖炭妇》诗道:"林子曰:是效居易咏卖炭翁,句意共可也。卖炭妇,人人皆见之,然未闻咏之者。辅仁以亲王之贵,不赋红袖之妓,注心于破村贱妇,以风流之趣,匪啻弄花鸟而已,怜卖炭之斑白,其才识可谓高也。以是广推之,则有补于政教乎……以予见之,则此一首,与得长寿院妄费国用,岂唯天壤悬隔而已哉!"(《本朝一人一首》卷六)也讽刺了一意"弄花鸟"的现象,而主张诗歌要"有补于政教"。

进入明治时期,小野湖山(1814—1910)的《论诗》诗也推崇白居易的讽喻诗:"诗人本意在箴规,语要平常不要奇。若就先贤论风格,香山乐府是吾师。"(《湖山楼诗钞》卷三)但这样的诗歌、这样的评论,在日本文学史上不占主流。

又,1878 年 6 月 2 日,宫岛诚一郎(1838—1911)在与何如璋笔谈时说:"凡汉学之要,始于修身,终于治国,而所主常在道德。敝国学者之弊,或好谈论时势,或徒嘲弄风月,至学问之大要,漠然不顾,而不与政事关涉,宜哉为忧世者所排斥也。"[1]其所言日本学者之弊,也指出了"徒嘲弄风月"的特点;而宫岛诚一郎本人,则表达了类似中国的载道

---

[1] 刘雨珍编校《清代首届驻日公使馆员笔谈资料汇编》,天津,天津人民出版社,2010 年,下册,第 446 页。

文学观。但这同样不是主流的意见。

从川端康成的演说也可以看出,我们认为无甚价值的"吟风弄月",在日本却结出了累累硕果,构成了"日本的美"的核心,使插花、茶道等等名扬世界,也让川端康成站上了诺奖领奖台。

其实,即使在中国的文艺(如诗词书画)中,"吟风弄月"也一向不缺少杰作佳构;即使宋人"主理""作理语","吟风弄月"也不过是换了个场所,在词里继续大行其道,为文人和世俗所钟爱;即使在今日的中国,人们最喜爱的白居易诗歌,一如唐朝,还是《长恨歌》《琵琶行》等,而不是"为民请命"的讽喻诗("人民"好像一向不领情于诗人的为他们"请命")。

但古今主流的评价标准,却好像故意要闹别扭,每喜作矫情违心之论。就像白居易对自己的作品,"时之所重,仆之所轻"(《与元九书》),自己硬要跟自己过不去——何必呢!

也许是时候了,让我们在主流的"为民请命"的价值之外,正视非主流的"吟风弄月"的价值,让中国文学更为丰富多彩,让中国文化更为博大精深。

顺便说一句,就白居易个人而言,两相比对,不得不得出结论说,他的真正知音,与其说是在中国,不如说是在日本。

但想象一下,如果他穿越千年万里的时空,来到瑞典的斯德哥尔摩,聆听川端康成的获奖演说,听说自己的诗代表了"日本的美",又会作何感想呢?是洋洋得意,沾沾自喜,说"知我诗者,其在扶桑"?还是一脸尴尬,哭笑不得,说"倭之所重,仆之所轻"?

延伸阅读:

川端康成《古都》等,叶渭渠、唐月梅译,海口,南海出版公司,2022 年。

邵毅平《东洋的幻象》,北京,商务印书馆,2018 年。

第九讲
母亲的缺席与在场
——从《赵氏孤儿》到《中国孤儿》到《搜孤救孤》

一、《赵氏孤儿》

元人纪君祥的杂剧《赵氏孤儿》，取材于《史记·赵世家》，除了种种敷衍以外，有一个重大的改动，那就是程婴"舍子救孤"。本来在《史记·赵世家》里，屠岸贾杀掉的婴儿，既非赵氏孤儿，也非程婴之子，而是"别人家的孩子"：

> 程婴谓公孙杵白曰："今一索不得，后必且复索之，奈何？"……乃二人谋取他人婴儿负之，衣以文葆，匿山中……（杵白）抱儿呼曰："天乎天乎！赵氏孤儿何罪，请活之，独杀杵白可也。"诸将不许，遂杀杵白与孤儿。诸将以为赵氏孤儿良已死，皆喜。然赵氏真孤乃反在，程婴卒与俱匿山中。

"谋取他人婴儿负之",此话意味深长,类孝子为疗亲,割取他人之股,所谓牺牲别人,成就己美是也。二人如何"谋取",手段可想而知,无非坑蒙拐骗,或巧取或豪夺,以二人之力量,乃小事一桩耳。为"大义"而作恶,人性的善与恶,皆在此举中了。

另外有意思的是,一般论者都以为,"赵氏孤儿"的本事,是赵氏家族的内讧,而名不见经传的屠岸贾,只是被找来背锅的,以掩盖不可外扬的家丑。为什么要找屠岸贾来背锅呢?史良昭《赵氏孤儿》导读有个推测:"也许正因掉包过程中的'谋取他人婴儿负之',牵涉民事案件,才会轮到司寇屠岸贾的介入。""司寇"类今公安局长,"打拐"乃其职责范围,这一推测很是合理。可惜屠岸贾一旦介入了,就再也脱不了干系,从《史记·赵世家》开始,就背起了灭赵的黑锅,始作俑者反而逍遥史外了。

然而到了元人纪君祥,创作《赵氏孤儿》杂剧,想必认为二人此举不妥,有违良善的风俗和法律,同时,也可能为了增加紧张感,让程婴的形象更高大上,遂把"谋取他人婴儿负之",改为程婴献出自己的婴儿,而且还是难得的老生儿。此新版的掉包计,乃程婴主动提出:

> (程婴云)老宰辅不知,那屠岸贾为走了赵氏孤儿,普国内小的都拘刷将来,要伤害性命。老宰辅,我如今将赵氏孤儿偷藏在老宰辅根前,一者报赵驸马平日优待之恩,二者要救普国小儿之命。念程婴年近四旬有

五,所生一子,未经满月,待假妆作赵氏孤儿,等老宰辅
告首与屠岸贾去,只说程婴藏着孤儿,把俺父子二人一
处身死,老宰辅慢慢的抬举的孤儿成人长大,与他父母
报仇,可不好也?

公孙杵臼同意程婴的计划,但是提醒他自己年龄大了,
来不及抚养孤儿长大报仇,还是程婴年富力强,所以提议两
人角色互换:

> (正末云)……程婴,你肯舍的你孩儿,倒将来交付
> 与我,你自首告屠岸贾处,说道太平庄上公孙杵臼藏着
> 赵氏孤儿。那屠岸贾领兵校来拿住我和你亲儿,一处
> 而死,你将的赵氏孤儿抬举成人,与他父母报仇,方才
> 是个长策。

程婴认为他说得合理,于是接受了他的提议。然后就
是二人依计而行,程婴带屠岸贾去太平庄,杀了公孙杵臼、
程婴儿,赵氏孤儿成功保全下来。

对此新版掉包计,有学者赞为"天才的创造":"拿自己
的独生子去代替孤儿,是作者的一个天才的创造……因为
舍子救孤又加了一重情感上的、天性与义侠精神之间的激
烈斗争,把悲剧情绪提高到了顶点,同时又符合父权社会的
历史色彩。"(范希衡《中国孤儿》译序)

然而,《赵氏孤儿》诚然符合"父权社会的历史色彩",却
并未充分表现"情感上的、天性与义侠精神之间的激烈斗

争"，或简言之天性与"大义"的矛盾冲突。屠岸贾搜出假孤儿后怒云："我拔出这剑来，一剑，两剑，三剑，把这一个小业种剁了三剑，兀的不称了我平生所愿也。"程婴在一旁"做惊疼科""掩泪科"——程婴献出自己的老生儿，整个过程没见心理冲突，所有情感流露只此一处；此外，还有公孙杵臼的侧面表现："见程婴心似热油浇，泪珠儿不敢对人抛，背地里揾了，没来由割舍的亲生骨肉吃三刀。"这主要取决于对程婴的定位："他（程婴）的性命也要舍哩，量他那孩儿打甚么不紧。"因此，《赵氏孤儿》的新版掉包计，还谈不上"把悲剧情绪提高到了顶点"，真正试图做到这一点的，其实是下文所述伏尔泰的《中国孤儿》。

而且，相比"谋取他人婴儿负之"的触犯法律，新版掉包计也有个新的麻烦问题，那就是怎么过婴儿的母亲这道关。《赵氏孤儿》的处理方法很偷懒，就是干脆不让做母亲的出场。有学者认为，在《赵氏孤儿》里，"替死的婴儿不能没有个母亲"，所以"程婴似乎有子无妻"是个"疏漏"（同上）。我则认为是故意省略，否则太麻烦不好对付。这倒是符合"父权社会的历史色彩"的，想必当时无论作者还是观众，都认为"舍子救孤"是天经地义的，做母亲的对这种事没有发言权。不过令人难以置信的是，《赵氏孤儿》至今仍在演出，现代观众于此仍能接受，对母亲的缺席见怪不怪，每想到此我就冷汗涔涔。

二、《赵氏孤儿记》

其实,在元南戏《赵氏孤儿记》中,婴儿的母亲是出场的,这是古代此题材作品中,婴儿母亲的唯一出场。《赵氏孤儿记》(富春堂本)第二十九折,写面对"五家一甲限三朝,一个孤儿不可饶。若无入地升天计,目下灾殃怎地逃"的困境,程英(即程婴)与妻子商量如何"舍子救孤"。

> 程英:孤儿在我家,与我儿一处看养。谁知屠贼当时出榜,五家一甲,限三日,要孤儿出首,把今年同月一国男女都要杀了。我思之,我儿也死,孤儿也是死,事到此,不做不得,我如今不免将孤儿寄在结义公孙杵白家,把我儿代孤儿死。待孤儿长大成人,说与他冤枉之事。一则报主之恩,二则再不疑赵盾家有人,三则救得一国儿女之命。天色未晚,不免说与我妻知道,商量则个。(唱)可伤忠直家世,止留一个孤儿。弃生舍死报恩人,免不得说与我妻。

> 程妻:(唱)我丈夫直恁,扮医人藏出孤儿。我们乳哺两孤儿,怎不交人憔悴。

> 程英:妻子,我和你生受。

> 程妻:你知便好,只恐你不知。

> 程英:妻子,来日屠贼三日限满,你儿也是死的,此儿也是死的。

　　程妻：丈夫意下何如？

　　程英：（唱）三日限，无消息，那厮来日必害一国儿女。只得弃身，亲抱我儿惊哥出去。言是，我是亲赵氏孤儿，那奸雄必然杀取。把孤儿寄在，太平庄里。

　　程妻：（唱）听言语，交人垂泪，数个月日怀躭多少劳役。才养育，谁知撞着奸雄谋计。伤悲，害孩儿未必伊，父和儿一起倾弃。我一身在此，靠着倚谁？

　　程英：（唱）都缘是，不得已，我无门可谢恩人恩义。至死全生，须救此月一国儿女。伊须，归娘家去事人也由你，归娘家中去守志也由你。只要你，休漏泄了此儿消息。

　　程妻：（唱）奴不比，街头女，又道一夜夫妻百年恩义。子父俱亡，只愁你家绝嗣无子。

　　程英：（唱）听启：屠岸贾尚无儿女，他官职比我何如？我只为，三百口报冤恩主。——抱子捐生我不呆，救他一国小婴孩。鬼门关上等着他，不信奸雄不过来。

　　夫妻俩的对话很是实在。程妻先是向丈夫诉苦，同时喂养两儿辛苦，只怕丈夫不知体恤；听了丈夫"舍子救孤"的打算，虽然一时间难以接受，但三日内不交出孤儿，一国婴儿都要被杀，自家婴儿也难以保全，毕竟是一个现实困境，就不得不勉强接受了；又担心此身无依靠，程英让她回娘家去，守寡再醮听她自由，唯一要求是保守秘密；程妻强调了夫妻恩义，让丈夫别有后顾之忧，又担心绝了程家子嗣……

夫妻商量的整个过程,充满了温情和谅解,相对来说还比较合理。

但给程妻安排的角色是丑,说明作者仍未特别重视她;在夫妻整个商量过程中,也只有程妻表示了难过,程英并无任何犹豫不舍;后来在惊哥惨遭杀害时,程英也未表现出伤心痛苦。所以,即使在南戏《赵氏孤儿记》中母亲出场了,却同样没有表现天性与“大义”的矛盾冲突,也谈不上“把悲剧情绪提高到了顶点”。

更可惜到了明传奇《八义记》等中,又退回到元杂剧《赵氏孤儿》去了,婴儿的母亲再度缺席,“舍子救孤”不再有任何矛盾冲突。

三、《中国孤儿》

对于没有矛盾冲突的“舍子救孤”,倒是西洋文人率先接受不了了。到了伏尔泰改编的《中国孤儿》(五幕悲剧,1755 年 8 月 20 日在巴黎首演,范希衡译),才真正开始表现天性与“大义”的矛盾冲突,借此“把悲剧情绪提高到了顶点”。

首先,母亲的角色当然不容缺席,要她献出儿子则比登天还难。夫妻二人全程较量,一个要顾全“大义”,一个要保全儿子,做母亲的义正词严,做父亲的左支右绌。保存遗孤的“大义”她不是不顾,而且遗孤一向还是由她照拂的,想到

遗孤她就不禁泪如泉涌,她也愿意拯救遗孤助其逃生,但前提是不能牺牲她的儿子:

> 君王么? 呸! 告诉你,他们根本就无权:
> 凭什么把活儿子拿给死鬼作贡献?
>
> ······
>
> 莫做得叫我恨罢,恨那君王的后裔:
> 本来,从鞑子手里我们该救那孤儿;
> 但是救孤儿不要把亲生儿断送掉;
> 只要不把我儿命拿去替下他的命,
> 我自要奔去救他,绝不是漠不关情;
>
> (第二幕第三场)

她痛斥丈夫的掉包计丧尽天良,对丈夫又是责骂又是哀求:

> 好啊! 这还了得呀! 野人啊! 怎么可能?
> 是你叫人做的吗,这样残忍的牺牲?
>
> 怎么! 你就是这样太薄情,没有天性!
>
> 不,我不懂那一套骇人的忠肝义胆。
>
> ······
>
> 你却发了什么狂又要我痛上加痛?
> 人家不要你的儿,你偏要双手奉上,
> 你送掉我儿的命,岂非要促我死亡?

……

我没了我的儿子，我又怎么能活命？
同一把刀，杀儿子就等于杀了母亲。

我怜惜他，但是你也要怜惜你自己，
怜惜那无辜的儿，怜惜这爱你的妻。
我也不和你闹了，我跪下向你哀求。

……

饶了我的儿子罢，饶了我这一块肉，
他是纯爱的结晶，孕育在我的脏腑，
这是爱的呼吁啊，又可怕却又温和，
你听了也痛心哪，千万不要拒绝我。

（第二幕第三场）

从鞑靼征服者的屠刀下，她抢回了自己的儿子，破坏了丈夫的掉包计，但振振有词头头是道，为自己的"慈母心肠"力辩：

然而我是母亲啊，究竟是毅力太差；
这样惨痛的坚忍远超过我的心灵；
我不能让我的儿好端端送掉性命。
事就是这样坏了：我过于表露失望，
便叫人家识破了我是孩子的亲娘。

……

我的唯一的弱点就是这慈母心肠。

（第三幕第三场）

而在鞑靼征服者的眼中,母性的爆发竟如此激烈,让他们深受震撼和感动:

> 一个女人疯了般,哭得满面的眼泪,
>
> 对着恼怒的卫兵奔了来,张开胳臂,
>
> 一面没命地叫喊,我们都大吃一惊:
>
> "住手! 是我的儿子,你们可不要行刑!"
>
> "这是我的儿子呀,你们弄错了对象!"
>
> 那种惨痛的呼号,那种疯狂的失望,
>
> 那双眼睛,那张脸,那种声音,那样哭,
>
> 在热泪迸流之中又那样刚强愤怒,
>
> 一切都伟大动人,都似乎出于天性,
>
> 那一片真情实意,都表出慈母心灵。
>
> (第二幕第七场)

总之,有了这样一个母性强大的母亲,才能"把悲剧情绪提高到了顶点"。

其次,不仅做母亲的是如此,做父亲的也充满了矛盾冲突,并非只顾"大义"而全无天性。他明知这是"好严酷的大义",但既然接受了托孤遗诏,便自认已经责无旁贷。面对搜孤的危险局面,他无奈设下了掉包计,以自己儿子冒充遗孤,但内心极为痛苦纠结:

> 我也是无可奈何!
>
> 你知道我慈父心,更知道我的脆弱。

我是做父亲的呀，这颗捣碎的心灵，

凡是你能劝我的，它早已对我说尽。

（第一幕第六场）

我已经割情舍子，啊，太不幸的慈父！

我听的太亲切了，这心头惨叫哀呼。

天啊！替我压下罢，我的痛苦在长号：

我的妻，我的儿啊，搅得我心都碎了。

盖起我心上伤痕，我见了真是惊怖。

（第一幕第七场）

他虽然设下了掉包计，但也知道难过妻子关，以致一想到妻子的反应，事先就害怕得不得了：

我怎么能见她呀，一个慈母发了狂？

她将会如何吵闹，如何哭，如何失望！

我怎么能对付她无穷的咒骂、责备？

（第二幕第二场）

以为儿子已命丧屠刀时，他悲伤至极，"痛杀为父的了"：

我儿啊！我的娇儿！你莫非已经丧命？

这悲痛的牺牲啊，莫非是已成事实？

（第二幕第一场）

　　现在请你原谅我，一洒慈父的热泪。

　　我的灾难和苦痛，叫我哪里去倾诉？

　　（第二幕第二场）

得知掉包计被妻子破坏，儿子还活着，他也暗自庆幸：

　　怎么，我儿还活着！

　　天！原谅我这一点私衷庆幸，

　　原谅我在泪海里杂进这一霎欢情！

　　（第二幕第三场）

　　就连妻子也看穿了他内心的痛苦纠结，因而既痛恨他，也同情他，仍敬佩他：

　　我救儿子也就是救活了母子二人。

　　连苦命的父亲也，我敢说，感恩不尽。

　　（第二幕第三场）

　　他交出了亲生儿，尽管为父的天性，

　　把他那忠肝义胆搅碎得鲜血淋淋；

　　他还是力持镇静，忍住惨痛的呼号。

　　（第三幕第三场）

　　总之，这才像是一个真实的、真正的父亲，这才是"把悲剧情绪提高到了顶点"。

　　此剧最后的大团圆结局有点牵强，只是为了传达剧作家所欲载之道。但仅就围绕掉包计展开的戏剧冲突而言，做母亲的母性毕露,拼死也要保护自己的孩子,做父亲的痛苦纠结,在天性与"大义"间饱受折磨,这才是人之常情,也是题中应有之义,比起《赵氏孤儿》《八义记》等回避天性与"大义"的矛盾冲突,让父亲"无情",让母亲缺席,显然合理多了,不愧为伏尔泰的大手笔。

四、《伊菲日妮》等

伏尔泰改编《赵氏孤儿》成《中国孤儿》,除了对时代背景和故事情节作了重大调整外,与《赵氏孤儿》的最大不同,就是添加了母亲的角色,并让她成为贯穿全剧的最重要角色之一,从而显示了与母亲角色缺席的《赵氏孤儿》的根本差异。

然而伏尔泰的做法其实其来有自,那就是欧洲源远流长的悲剧传统。在伏尔泰的《中国孤儿》之前,有其同胞拉辛的悲剧《伊菲日妮》(1675),再往前,则有古希腊欧里庇得斯的悲剧《在奥利斯的伊菲革涅亚》(前405年演出)等,其中都有以女儿为牺牲的情节,也有做母亲的强烈反对的场景。也就是说,在欧洲的悲剧传统中,一贯重视母亲的角色,遇此重大关头,母亲始终在场,成为强大的反对力量。

在《伊菲日妮》(范希衡译)第四幕第四场里,听到丈夫要牺牲女儿伊菲日妮(即伊菲革涅亚)祭神,妻子克丽丹奈斯特尔(即克吕泰涅斯特拉)痛骂丈夫:

> 野人啊！怪道你是那么机巧那么能，
> 原来你是在准备这样一个好牺牲！
> 这样残酷的神旨怎么不叫你心悸？
> 你的手还有气力不停止这个准备？

克丽丹奈斯特尔说，海伦淫奔，犯了大罪，就该拿她的孩子当牺牲，怎么为了特洛亚战争，反倒要牺牲自己的女儿？她痛骂丈夫：

> 但是你，代人受过，你是发了什么狂？
> 为什么她犯了罪你夹在里面遭殃？
> 为什么硬要我来割下我的心头肉，
> 为她那笔风流债拿我女儿来偿付？

做母亲的同样要为女儿拼命，克丽丹奈斯特尔威胁丈夫说：

> 不能，我绝对不能把她送去当牺牲，
> 你为希腊人杀她就是杀母子二人。
> 我没什么畏和敬，我不能把她舍弃。
> 你从我怀里夺她，我就和你拼个死。
> 你这个野蛮的夫，你这个无情的父，
> 来夺罢，如果你敢，夺出她的母亲手。

伏尔泰《中国孤儿》里母亲的台词，多有与此相似的表达，或许曾受过其影响（参见范希衡《中国孤儿》译序）。

不过,拉辛的《伊菲日妮》对母亲的表现也并非无因而至,而是承自欧里庇得斯的《在奥利斯的伊菲革涅亚》的,其中克吕泰涅斯特拉听说了丈夫欲以女儿伊菲革涅亚为牺牲的计划后,反应极为强烈:

> 我给你生了这个男孩,还有三个闺女,这里边的一个你便这么凶残地要从我这里抢了去!现在假如有人问你,为什么你要杀她,你说吧!你怎么说呢?还是这须得由我来代你说出来么?说为的好叫墨涅拉俄斯去得到海伦呀!这是一个好的代价,抛去了孩子们去换坏女人回来。

> 还有若是你去出征,留下我在家里,你在那里又停留很久,那么你试想我在家是什么心情呢?那时我看到各个椅子上没有了她,闺房里没有了她,我还不只是独自坐着落泪,永远哀悼着她么?"啊,我的儿呵,你生身的父亲害死了你,他亲自杀了我,不是别人,也不是用了别人的手。"

> 呵,把你的孩子做了牺牲,随后你怎么祷告呢?你杀了孩子,想祷告给你什么幸福呢?(周作人译)

而在埃斯库罗斯的《阿伽门农》(前 458 年演出)中,阿伽门农攻陷特洛亚城后凯旋,克吕泰涅斯特拉竟然杀害了他,以为被牺牲的女儿伊菲革涅亚复仇:

> 这场决战经过我长期考虑,终于进行了,这是旧日

争吵的结果。

那时候他满不在乎，像杀死一大群多毛的羊中的一头牲畜一样，把他自己的孩子，我在阵痛中生的最可爱的女儿，杀来祭献，使特剌刻吹来的暴风平静下来。

他不是偷偷地毁了他的家，而是公开地杀死了我怀孕给他生的孩子，我所哀悼的伊菲革涅亚。他自作自受，罪有应得，所以他不得在冥府里夸口；因为他死于剑下，偿还了他所欠的血债。

我亲手把他打倒，把他杀死，也将亲手把他埋葬——不必家里的人来哀悼，只需由他女儿伊菲革涅亚，那是她的本分，在哀河的激流旁边高高兴兴欢迎他父亲，双手抱住他，和他接吻。（罗念生译）

值得注意的是，在荷马史诗《奥德赛》（前 6 世纪写定）的开头，奥林波斯山上的神明们提起了阿伽门农的悲剧，说他是被克吕泰涅斯特拉的姘夫埃吉斯托斯所杀害，而没说是被欲替伊菲革涅亚复仇的克吕泰涅斯特拉所手刃，埃斯库罗斯的改动说明了他特别重视母性的作用和力量。

在索福克勒斯的《埃勒克特拉》（前 419—前 415 年间演出）中，克吕泰涅斯特拉也以同样的理由，在女儿面前为自己的杀夫罪行辩护：

因为你的这个父亲——你一直在哭他——
是所有希腊人中最没有心肝的，

把你的姐妹杀了去祭神，他做父亲的，

哪能体会我这母亲生养孩子的苦和累。

你倒是说说看，为什么他要牺牲我的女儿？

为了讨好谁？你是不是要说讨好阿尔戈斯人？

不，他们无权杀死我的女儿。

或者你要说，实在是为了讨好他的兄弟

墨涅拉奥斯？这也不能作为理由

否认我有权讨还血债。

……

做出这样的选择不是一个疯狂邪恶的父亲吗？

这就是我的想法。尽管我的话不中你听，

但是死了的那个会赞同我的，如果她能说话。

因此，我回顾往事，并不后悔心惊。（张竹明译）

在欧里庇得斯的《厄勒克特拉》（约前 413 年演出）中，克吕泰涅斯特拉也把自己的杀夫罪行，归咎于阿伽门农牺牲了女儿伊菲革涅亚：

这都是你父亲[的错处]呀，他用那样的计策，害了亲人中最不应当害的……廷达瑞俄斯把我给了你父亲，并不是让我或是我所生的子女来被杀害的。他却骗我，说是把我的女儿去嫁给阿喀琉斯，从家里带她来到停船地方奥利斯，在那里放在祭坛上，他割断了伊菲革涅亚的白的项颈。（周作人译）

在上述二剧中,克吕泰涅斯特拉都是与姘夫一起杀害阿伽门农的,可以视为对《奥德赛》和《阿伽门农》的折中,但仍沿袭了埃斯库罗斯对母性的作用和力量的重视。

由此可见,在欧洲的悲剧传统中,母亲始终在场,始终出于母性猛烈反抗所谓"神旨",甚至杀害为了"神旨"牺牲子女的丈夫,反衬出上述《赵氏孤儿》中母亲缺席的偷工减料,以及下文《搜孤救孤》中母亲反抗的苍白无力。

当然,伏尔泰也用其所理解的"中国精神",丰富了欧洲悲剧中的母亲形象。在《中国孤儿》中,做母亲的不仅有母性,也顾"大义",也爱君国;对于想要献出自己孩子的丈夫,既痛恨,也同情,仍敬佩。这一切,明显与欧洲悲剧中的母亲们不同,后者只有母性而无"大义",心里只有孩子而无丈夫。而伏尔泰这种所谓的"中国精神",本身无疑是来自《赵氏孤儿》的。

五、《搜孤救孤》

千呼万唤始出来,继元南戏《赵氏孤儿记》之后,到了京剧折子戏《搜孤救孤》,在第二场《舍子》中,婴儿的母亲终于再度粉墨登场了。但如何让做母亲的献出婴儿,仍是个令人头疼的千古难题。坦率地说,《搜孤救孤》在这方面做得很失败,整个说服过程苍白无力到了极点,还比不上数百年前的《赵氏孤儿记》。

　　话说程婴设下"两全妙计",献出自己婴儿,换下赵氏孤儿,却竟无任何心理冲突,也没想过要和妻子商量,仿佛这样做天经地义,根本不需要什么理由。反而是公孙杵臼有所顾虑,担心做母亲的能否接受。程婴却拍胸脯保证,妻子觉悟很高,完全没有问题。

　　　"我那弟妹,可曾知晓?"
　　　"你那弟妇她还不知道。"
　　　"哎呀,只怕弟妹她不能应允吧。"
　　　"不妨,不妨。想你那弟妇,虽是女流,是颇通大义,想此事她,断乎不能不肯吧!"
　　　"好,贤弟回家商议,愚兄随后就到。"

　　你程婴也太想当然太自以为是,太不懂得做母亲的心理了吧,连《赵氏孤儿记》中的父亲都不如,比《中国孤儿》中的父亲尤其不堪。果然,程婴回家一商议,其妻当然不肯。程婴先晓以"大义",然后下跪哀求,最后要死要活,都全然不起作用。不过,其妻不肯的理由也实在牵强,始终强调只有一个孩子,是独生子老生儿——难道有两孩三孩就可以肯了?

　　　"我意欲、将你我亲生之子舍了,将孤儿调换下来,抚养成人,一来不绝忠良之后,二来也好报仇。啊娘子,你看此计可好吗?"
　　　"官人此言差矣,想你我夫妻,年将半百,只生此子,焉能救得孤儿? 万万使不得!"

"舍子搭救忠良的后,老天爷不绝我的后代根。你今舍了亲生子,来年必定降麒麟。"

"官人说话理不顺,奴家言来听分明。你我只生一个子,焉能舍子救孤生?"

"千言万语他不肯,不舍姣儿难救孤生。无奈何我只得双膝跪,哀求娘子舍亲生。"

"你要跪来只管跪,叫我舍子万不能。"

"人道妇人心肠狠,狠毒毒不过你妇人的心。"

"虎毒不食儿的肉,你比狼虎狠十分。"

"不如程婴死了罢,"

"或生或死一路行。"

"手执钢刀、我要你的命,"

"用手关上两扇门。"

"贱人出来! 哼,岂有此理!"

"我与程婴把计定,未必他妻似我心",此时公孙杵臼赶到,看到果然僵持不下,于是继续"良言相劝",先是晓以"大义",然后讨要面子,最后下跪哀求。到此地步,程妻也就不得不肯了——再不肯,似乎戏就演不下去了,但肯的理由也仍是牵强。

"弟妹舍了亲生子,来年必定降麒麟。"

"怎么又来了。"

"人有善恶天有应,莫把阴骘当浮云。舍子搭救忠良后,赵家代代不忘你的恩。"

"公孙兄说话欠思论,奴家言来你是听。只为我家无二子,岂肯舍子救孤生。"

"老朽薄面情要准,"

"你要尽义我不行。"

……

"莫奈何我只得双膝跪,哀求弟妹舍亲生。"

"他二人哭得珠泪滚,铁石人儿也泪淋。公孙兄与夫且请起,情愿舍子救孤生。"

"弟妹舍得亲生子,代代世世标美名。"

试问,什么样的母亲可以就这样献出孩子?可以为了"代代世世标美名"献出孩子?可叹 20 世纪的演出本还是率由旧章,连数百年前的《赵氏孤儿记》《中国孤儿》都不如了。此外,《赵氏孤儿》《赵氏孤儿记》中舍子的另一条理由,也是唯一一条说得通的理由,即屠岸贾下令杀尽普国婴儿,不舍子也难逃被杀厄运,舍子还可"救普国小儿之命",不知为何《搜孤救孤》竟没有利用,尽管也提到了屠岸贾下令之事。在《赵氏孤儿记》中,程婴就是以此理由说服妻子,献出了自己的亲生婴儿的。

在第四场《法场、救孤》中,程婴终于流露了父子天性,"眼望孤儿泪淋淋","可叹我程婴绝了后根……我那亲——我的儿"。屠岸贾将假孤儿开刀后,连叫两声"程婴",程婴沉思没反应,高叫第三声才答应。屠岸贾问他为何落泪,程婴搪塞以他故。然后,因为救孤妙计顺利完成,程婴竟唱起"背转身来笑盈盈,奸贼中了我的巧计深",情感的转折极为突兀而不近情理,一下子就把悲剧氛围破坏殆尽。

总之,仅就刻画父母角色、表现父母心理而言,就表现天性与"大义"的矛盾冲突而言,就能否"把悲剧情绪提高到了顶点"而言,把中法几个剧本放在一起比较,中国剧本的弱点还是比较明显的。其中最根本的问题,也就是《庄子·田子方》说的:"中国之君子,明乎礼仪而陋于知人心。"

最后想要补充的一点是,程婴"舍子救孤"乃是剧作家的虚构,但历史上咱邵氏的祖先还真这么干过:"彘之乱,宣王在邵公之宫,国人围之。邵公……乃以其子代宣王。宣王长而立之。"(《国语·周语上》)"彘之乱"指国人流放周厉王于彘,宣王为厉王子,避难时年尚幼,邵公舍子救他后,又抚养了十四年,然后辅佐他继位,成西周中兴之主。有学者认为,程婴"舍子救孤"乃援用邵公"舍子救宣王"故事(范希衡《中国孤儿》译序)。当然,邵公这么做时,邵婆照例缺席。

可叹的是,历史上真正做出"舍子救孤"义举的是咱邵公,可美名天下扬的却是"谋取他人婴儿负之"的程婴,这世上还有比这更不公平的事吗?

这也就是文学的力量吧。

延伸阅读：

纪君祥等《赵氏孤儿》，上海，上海古籍出版社，2010年。（收入司马迁《史记·赵世家》节录、纪君祥《赵氏孤儿大报仇》、徐元《八义记》、伏尔泰《中国孤儿》、京剧《搜孤救孤》、蔡元放《东周列国志》节录。）

范希衡《〈赵氏孤儿〉与〈中国孤儿〉》，上海，上海古籍出版社，2010年。（附录伏尔泰《中国孤儿》、纪君祥《赵氏孤儿》。）

第十讲
西 洋 的 幻 象
——近世中西海外旅行小说"世界观"的差异

一、15世纪世界格局的巨变

15世纪是世界史上的一个关键时期:在其开始时,郑和七下西洋,其宝船规格、船队规模及航海技术,都处于世界最高水平;但到其结束时,欧洲人开辟了新航路,到达了新大陆,开始了环球大航海、地理大发现时代,也开启了持续五百年的殖民、称霸史,其影响一直波及今天。

郑和船队七下西洋,时间是从1405年至1433年,前后二十八年,最远到达红海和东北非海岸。第四次下西洋时,1414年左右,其分船队还越过了赤道,到达麻林地(肯尼亚马林迪)。为了囤积货物及后勤补给,郑和还应满剌加国王之请,在当地设立了后勤补给基地。这是在吉布提基地之前,六百年里,中国唯一的海外基地。

南京卢龙山(狮子山)下的静海寺,始建于明永乐年间,以褒奖郑和下西洋的功绩。赐额"静海",取"四海平静,天下太平"之意,表达了控制海权、永葆和平的美好愿望。

　　而其时的欧洲,按照罗马教廷为葡萄牙、西班牙划分的势力范围,葡萄牙人往东、西班牙人往西扩张(此瓜分世界方案后由 1494 年签订的葡西《托尔德西里亚斯条约》正式确定下来),葡萄牙人刚占领了摩洛哥的休达(1415),开始沿着非洲西海岸往南,寻找绕过非洲通往东方的航路。在整个郑和下西洋期间,在当时的印度洋上,还看不到一艘欧洲商船,不能不说比中国落后得太多。

　　但就在明朝停止下西洋,郑和船队退出印度洋后,葡萄牙人开始一路往东。1445 年,它们抵达佛得角。1487 年,迪亚士绕过好望角,进入印度洋。1497 年,达·伽马从葡萄牙出发,绕过非洲大陆,穿越印度洋,1498 年抵达卡利卡特,1499 年原路返回葡萄牙,开辟了从欧洲绕过好望角到达印度的航线。达·伽马在印度洋上打了个来回,竟从未遇到过一艘中国商船。1511 年,在郑和到达那里的百年以后,葡萄牙人征服了满剌加王国,中国唯一的海外基地同时失去。1517 年,第一支葡萄牙武装商船队来到广州外海,成为马可·波罗之后最先来到中国的欧洲人。1553 年,葡萄牙人开始占据澳门,这是欧洲人在中国占据的首块土地,整整四个半世纪后始返还中国。与此同时,1492 年,哥伦布到达美洲。1519 至 1522 年,麦哲伦及其同伴完成了环球航行。整个 16 世纪,伊比利亚人横行全球各大洋,葡萄牙人垄断印度洋航线六十年,并在南亚和东南亚进行殖民扩张。

其实,由于中世纪欧洲造船业几乎停滞不前,在郑和下西洋几十年后所谓的"地理大发现"时代出现的几支欧洲船队,其船只大小、船队规模都远不及郑和船队。然而,在持续两百多年的禁海令下,明代的造船业全面衰落,至明朝末年,宝船建造及郑和航海的所有档案资料(如《郑和出使水程》等)更是莫名丢失。从此中国再也造不出如此大船,而欧洲船则越造越大,后来居上。

二、罗懋登的《西洋记》(1597)

晚明小说家罗懋登的《西洋记》,以明初郑和下西洋为题材,堪称中国第一部海外旅行小说。其中所写大部分的国家或地区,都是郑和船队实际到达过的,也有一些则是小说家的虚构(第五十九回所谓"从古到今典籍所不载之国",如女儿国、撒发国、金眼国、红罗山、银眼国、酆都国等)。

但在小说与史实之间,已有近二百年的时间差,其间世界已经发生了翻天覆地的变化,至少在远洋航行方面,中国已经远远落后于西方。可昧于现实的小说家对此却一无所知,仍在那里做着海上强国的美梦。"今日东事倥偬,何如西戎即序?不得比西戎即序,何可令王、郑二公见,当事者尚兴抚髀之思乎?"(罗懋登《叙西洋记通俗演义》)葡萄牙人都已经占据澳门了,荷兰人都快要占据台湾了,小说家却兀自痴人说梦,还在那里说什么"西戎即序"(西洋岁月静好),以为凭此即能对付"东事俒您"(万历朝鲜之役),实无异于缘木求鱼、南辕北辙!

《西洋记》以对世界的无知为前提,以"华夷观"扭曲地看待世界,自居于上、内、日、君、父、首、冠,视他国为下、外、星、臣、子、足、履,蔑视"西洋"不知"夷夏之别""华夷之分",自认军事实力天下无敌,道德水准高人一筹,身材长相尤其标致。尤为荒唐的是"不恃兵力,而恃法术","这种用法术打外国的思想,流传下来一直到清朝,信以为真,就有义和团实验了一次"(鲁迅《中国小说的历史的变迁》)。怀抱着"天朝"的优越感,小说家写得煞是快活。

小说与历史两相比较,小说与现实两相比较,不由让人生出无限感慨。《西洋记》昭示我们,昧于现实将会是何等的可笑。当世界已经天翻地覆的时候,小说家却仍沉湎于前尘旧梦,不免使自己沦为后世的笑柄。这也使得小说更加远离了现实,减少了其认识海外世界的价值。对照百余年后笛福的《鲁滨孙飘流续记》,《西洋记》的种种"夜郎自大"式描写,尤其让人觉得触目惊心,匪夷所思。

三、笛福的《鲁滨孙飘流续记》(1719)

中国读者熟悉的《鲁滨孙飘流记》有一个续集,即《鲁滨孙飘流续记》,其中讲的故事远不如第一部精彩和有名,却有着一大段关于鲁滨孙中国之行的描写,以及出于鲁滨孙之口的对于中国的"毒舌"(历来都把它看作是笛福本人的"毒舌"),相信是会引起中国读者的兴趣甚而怒气的。

"一艘配备八十门炮的英国、荷兰或法国的战舰,几乎可以同中国所有的船舶较量。"就在笛福说了这番话的一百二十年后,第一次鸦片战争伊始,英国的"东方远征军"中有兵船十六艘,多则配有七十四门炮,少则配有二十门炮,还没用上配有八十门炮的,就已经在中国沿海所向披靡了。而从鸦片战争到甲午战争,中国在历次海战中一败再败,也一再证实了笛福的预言。

"我对他们的船舶所说的话,也同样适用于他们的军队……我可以毫不夸张地说:三万名的德国或英国步兵,加上一万名的骑兵,只要指挥得当,就能打败中国的全部军队。"这是鸦片战争前一百二十年说的话,是英法联军火烧圆明园前一百四十年说的话,是甲午战争前一百七十五年说的话(笛福大概做梦也不会想到,他的列强名单里,还得加上一个"后起之秀"日本),是八国联军攻入北京城前一百八十年说的话……中国军备的落后于世界,并不始于鸦片战争,而是早就开始了。"落后就要挨打",挨打是从鸦片战争开始的,但挨打的命运则早就注定了,至少早在笛福说这番话的时代。而那时中国朝野上下都还在美梦里酣睡,而且还要继续酣睡一个多世纪,这是一个怎样惊心动魄的时间差啊!

此外,笛福指出的当时的中国大而积弱,富而不强,尤其是"组织得不好",落后而又傲慢,贫富差距悬殊,底层百姓困苦,基本上也都是说中要害的。中国这种"光辉灿烂"和"强大昌盛"的表象,"使他们在我们眼中显得伟大和强大",也许在笛福以后的一个多世纪里,推迟了西方列强对于中国的进攻;但类似笛福这样眼光老辣的西方人,早已洞悉了当时中国外强中干的事实,其看法不久就成了西方的主旋律,终于将贪婪的列强引向了中国,也将中国推入了灾难的深渊。套用一句流行的话来说,早在鸦片战争中第一支英国枪瞄准中国之前,中国就已经在笛福之流的"毒舌"中被摧毁掉了。

笛福所批评的 18 世纪初的中国,正处于中国史上著名的"康熙盛世",与俄罗斯的彼得大帝时代、法国的路易十四时代约略同时。但危机的种子却早已埋下,中国在经贸、科技、军备和国防等方面早已落后于西方。而上自皇帝下至一般读书人,于此却全然无知,全然不晓,还是盲目自大,目中无人,一味陶醉于"千古一帝"的文治武功当中!

我忘不了初次读到笛福关于中国的评论时的震惊。看着笛福一针见血的"毒舌",又看着后来中国的历史进程怎样如其所言,一步步走向灾难的深渊,真让人有梦魇般的感觉。但良药苦口,忠言逆耳,不能因为笛福说得一针见血,刺伤了我们的民族自尊心,就简单地称之为"污蔑之词"或

"种族偏见"，而是应该多想想我们可以汲取些什么教训。

四、李汝珍的《镜花缘》(1818)

清代小说家李汝珍生活的年代正好比笛福晚了约一个世纪，《镜花缘》的成书年代也正好晚于《鲁滨孙飘流续记》近百年，同时也正是鸦片战争发生的前夜，但即使又过了宝贵的一个世纪，即使已经"山雨欲来风满楼"，小说家却跟普通中国人一样，于世界大势仍然一无所知，在自己的小说里享受着太平盛世，陶醉于中华帝国声威远被的自我想象，将"华夷观"发挥到了极致，比二百年前的《西洋记》还要沉湎于幻想！

就在《西洋记》问世后不久，意大利传教士艾儒略(Giulios Aleni，1582—1649)与杨廷筠一起编纂了《职方外纪》(1623)，详载除大洋洲外世界四大洲各主要国家的概况，继四十年前(1583)利玛窦进入中国并展示其带来的世界地图之后，再次向中国人全面介绍了最新的世界地理知识。但问世于《职方外纪》后二百年的《镜花缘》，却仍是《山海经》的世界，而全无《职方外纪》的影子。对于海外旅行小说本来最应关注的问题，比如中国在世界上的地位和处境，海外文明与中华文明的异同，海外国度真实的风土人情等等，《镜花缘》却一点兴趣都没有，而仅仅是虚构了一个以中华为圆心的"天下"图景，其中的海外各国不过是中国的翻版或投影。

我们看到,在那样一个环球大航海的时代,《镜花缘》里的海洋却如此平静,宛如真空世界一般。林之洋、唐敖、多九公一行,"去年……正月起身,今年六月才回,足足走了五百四十天",也就是一年有半,但不可思议的是,他们的海船到东到西,顶多碰到个把"家乡货船",不是来自"天朝",就是要回"天朝",根本就没有碰到过任何"邻邦船只",宛如他们的海洋是在另一个世界里一样。

这也难怪,《镜花缘》(第十一至四十回)里所描写的本来就是一些虚幻的国度,没有一个是实有的国度。它们在中国文学和史学的传统里,仅仅存在于《山海经》等神话书中。多九公自诩"海外各国,老夫虽未全到,但这国名无有不知"(第三十八回),但他到过和知道的,却都是这样一些《山海经》里的虚幻国度,而全不知葡萄牙、西班牙在哪里,英吉利、法兰西为何物。有人竟然说《镜花缘》:"从各方面表现出作者极力扩张古人的幻想,要向中国之外发现不同的国家和不同的人们的愿望。"[①]简直是文不对题,实在是搞错了方向。

而在《镜花缘》里,与这种国度的虚幻形成鲜明对照的,是这些国度中的文明却与中国的大同小异。比如海外各国的语言,大都与中国的相同,而且不管是哪种情况,海外各

---

① 《镜花缘》前言,北京,人民文学出版社,1955年。

国都通行汉语,所以不必学"番语"也能走遍天下,而没有任何语言障碍,就像多九公自豪吹嘘的那样:"我们天朝乃万邦之首,所有言谈,无人不知。"——宛如今天的英语一样!海外各国不仅通行汉语,也通行汉字或"准汉字",其历史文献也全用汉文撰写;由于通行汉语、汉字及汉文,所以海外各国也重视读书,而不言而喻,读的当然都是中国书(汉籍);于是,中国书自然也就会畅销海外,一如历史上曾经畅销东亚各国;海外各国既如此重视读中国书,汉学自然也好得一塌糊涂;而且海外各国也有中国式学校,甚至也通行中国式科举考试制度。此外,海外各国的节日、风俗等也无不同于中国,即使有所改良,也都基于中国的基础。

也就是说,《镜花缘》里所有这些虚幻的国度,全都是中国的翻版和投影,而与现实的海外世界无涉,从而除了自满自足自恋以外,全无认识海外世界的价值。小说家止步于"天下同文"的幻觉,无意于探索海外不同文明的世界。而就在《镜花缘》问世后不久,中英鸦片战争爆发,"天朝"败绩。

五、"世界观"的差异及影响

将罗懋登、李汝珍眼中的外国(西洋)与笛福眼中的中国相比,我们看到了巨大的"世界观"(对外部世界的看法)的差异。当西方人已经开始走上征服世界之路时,我们的先人却还生活在虚幻的中华"天下"的美梦中,以"华夷观"扭曲地看待中国以外的世界。

而当尚在虚幻的中华"天下"的美梦中夜郎自大的唐敖们,在海洋上遭遇目标明确、意志坚定、武器先进的鲁滨孙们时,除了一败涂地还会有什么其他的结果吗?由此,不仅中国和西方在近现代的命运判若两途,致使进入近代以后中国处处落后挨打,而且中国文学的水准也开始落后于西方,以致新文学运动的标的不得不弃中而就西。

就罗懋登、笛福、李汝珍这些小说家来说,他们的"世界观"的差异,也影响了他们的文学成就和地位的高下,以及其作品在后来所遭遇命运的不同。就我个人而言,我也是宁可喜欢曾经"百般诋毁"中国的笛福,而不喜欢沉湎于白日梦的罗懋登、李汝珍的。

南京的静海寺建立四个世纪后,见证了中外历史的巨大逆转。1842 年 8 月,英国军舰兵临南京城下,胁迫清政府在静海寺内四次议约,议定了中国近代史上第一个不平等条约——中英《南京条约》,签约仪式还在英舰上举行。就是在那个条约中,割去了中国的香港(一个半世纪后始返还中国)。永乐帝、郑和君臣地下有知,当不知作何感想?

从明朝结束下西洋到鸦片战争爆发(1433—1840),在闭眼无视世界巨变的自得心态中,中国失去了整整四百年的宝贵时光,结果招致了百余年的挨打和屈辱。值此中华民族迎来伟大复兴之际,回顾数百年前中国走过的道路,重温中西小说家的经验教训,实有助于我们保持清醒的头脑,在振兴中华的道路上奋力前行。

延伸阅读:

罗懋登《三宝太监西洋记通俗演义》,上海,上海古籍出版社,1985 年。

笛福《鲁滨孙历险记》第二部,黄杲炘译,上海,上海译文出版社,1997 年。

李汝珍《镜花缘》,张友鹤校注,北京,人民文学出版社,1955 年。

邵毅平《西洋的幻象》,上海,上海文化出版社,2021 年。

第十一讲
她们辜负了文学
——致林奕含书

奕含，

你说，你写《房思琪的初恋乐园》，整个故事里面最让你痛苦的是，一个真正相信中文的人，他怎么可以背叛这个浩浩汤汤已经超过五千年的语境，他为什么可以背叛这个浩浩汤汤已经超过五千年的传统。

——请原谅我的好为人师，积习难改，首先要纠正你一下：中国历史虽号称上下五千年，但中国文学一般只说三千年。

但我知道你的意思，你是想说一个学中文的人，一个真正相信中文的人（其实我不懂什么叫"真正相信中文"），没有理由也绝不可以，背叛中文的语境和传统。所谓中文的语境和传统，你的理解就是"人言为信"，就是中国的抒情诗传统，也就是《诗经》的情诗传统：一个人说出诗的时候，一个人说出情诗的时候，一个人说出情话的时候，他应该是言有所衷的，他是有"志"的，他是有"情"的，他应该是"思无邪"的。

　　然而,谁告诉你中国文学的语境和传统是这样的?谁告诉你"应该"如此便"果然"如此的?谁告诉你这是文学的使命而非道德的诉求?难道没人告诉过你,除了孔老师以外,两千多年来的释诗传统,一大半是认为"诗有邪"的(比如朱熹的《诗集传》,又如《牡丹亭》里的陈最良老师)?两千多年来的诗歌传统,也多的是"思有邪"的作品?即便是孔老师自己,也说过"吾未见好德如好色者也"——意思是好德应如好色,或好色应如好德,也曾屁颠屁颠跑去见南子,见完后对天发的毒誓,连子路听了都不相信,连朱熹都坐实说"此是圣人出格事"?难道没人告诉过你,中国文学的语境和传统,除了唐诗宋词,还有"挂枝儿""夹竹桃";除了《西厢记》,还有《莺莺传》;除了《红楼梦》,还有《金瓶梅》?而即便是《红楼梦》,也充满了"思有邪",干净的只有宁国府门前的两个石头狮子?难道没人告诉过你,鲁迅写过一篇《狂人日记》,里面写狂人横竖睡不着,把中国历史仔细看了半夜,才从字缝里看出字来,满本都写着两个字是"吃人",而且一吃就吃了四千年?难道没人告诉过你,那些舌灿莲花的名作,不少出自无行文人之手,充满了巧言令色和虚情假意;古今中外的文学史上,有的是打老婆的奈保尔,多的是两面人萨义德?正如杨愔(遵彦)《文德论》所说:"古今辞人皆负才遗行,浇薄险忌。"(《魏书·文苑传》)所谓"学中文的人",除了你的思琪、怡婷、伊纹,除了你自己,包括胡兰成,包括李国华,有几个人会那么天真,会相信"人言为信"?你说你是个非常迷信语言的人，没有办法相信文人无行；你说没有办法去相信任何一个人的文字和为人，就觉得这个世界上没有什么是可以相信的。难道你从未听说过老子的名言"信言不美，美言不信"，苏格拉底要把美言不信的文人驱逐出理想国？你也意识到了，一个真正的文人应该千锤百炼的真心，到最后回归竟然只变成食色性也而已。但这不正是哲人所云："饮食男女，人之大欲存焉。"（《礼记·礼运》）文人所言："好色不可谏，甘旨可忘忧。"（葛洪《抱朴子内篇·辩问》）诗人所吟："食色性也古人语，今人乃以之为耻。"（唐寅《默坐自省歌》）来自你家乡的名导李安，甚至都拍了一部《饮食男女》。只是你选择了闭上眼睛，转过头去，视而不见。你宁愿自己是一个媚俗的人，无知的人，也不想要看过文学世界的背面。你哀叹整个"思无邪"的世界化为了灰烬，却不知道它其实从来就没有存在过。你说在你的作品中，对精英文化的信仰或想象是确实存在的，但它只属于你笔下的人物，而不存在于你自己的身上，这说明你真的缺乏自知之明。

顺便还要说，一部《今生今世》，你就没有完全读懂。否则你也不会说，李国华是胡兰成缩水了又缩水的赝品，他的原型的原型就是胡兰成。是的，胡兰成滥情，无耻，人尽可妻，其自我辩护文过饰非，跟《莺莺传》里张生的狡辩半斤八两。但他没有欺骗她们，尤其没有强暴小周；除了应英娣、张爱玲，小周、秀美、一枝、爱珍，没有谁觉得受到了辜负（当然是在他的笔下）；即便是张爱玲，绝交书也只是说，"我已经不喜欢你了，你是早已不喜欢我了的"，情至意尽、一拍两散而已。你也承认"民国女子"那一章是描写张爱玲古往今来最透彻的文章之一，这样的文章应该是李国华们打死也写不出来的吧。所以，胡兰成再不堪，只会贩卖二手文学知识、用可以整篇地背《长恨歌》、用诺贝尔文学奖全集、用王鼎钧刘墉林清玄诱骗小女生的李国华也不配有这个原型的原型，连做他缩水了又缩水的赝品也不配。顺便说一句，尽管于心不忍，你也不是张爱玲。你们更不是那谁谁跟谁谁，正如胡兰成、张爱玲也不是那谁谁跟谁谁。是你说的，"联想、象征、隐喻，是世界上最危险的东西"——这个其实早先是昆德拉说的，见于他的《不能承受的生命之轻》；更早则有普鲁斯特的《追忆似水年华》，他让斯万看到奥黛特时，联想到了波提切利画的西坡拉，于是说服自己爱上了她，尽管她并非他喜欢的类型——然而危险不危险，端看怎么对它们，怪不得它们本身。你明知山有虎，偏向虎山行，结果落入了虎口，你的联想、象征、隐喻害你不浅。你就像昆德拉说的，"人是迷途的孩童，迷失在'象征的森林'"。照他的说法，人"成熟的标准"，即"抵抗象征的能力"（《〈梦游者〉启发的笔记》），而你似乎还远未成熟。

在你的作品中，你的思琪和怡婷，常聚在伊纹姐姐家里，一起读文学作品。在同辈人还没开始读藤井树、九把刀时，她们就读陀思妥耶夫斯基，读《罪与罚》《白痴》《卡拉马佐夫兄弟》,背得出三兄弟的名字德米特里、伊万、阿列克谢。她们还读司汤达、波德莱尔、福楼拜、纪德、普鲁斯特、康拉德、菲茨杰拉德、海明威、马尔克斯……读《神曲》《哈姆雷特》《恶之花》《包法利夫人》《梵蒂冈地窖》《窄门》《百年孤独》……一如这厢投喂给大学生的标准阅读书单。她们不过十来岁的年纪,读这些所谓的名著,似懂非懂,木知木觉,除了向同辈人炫耀,让长辈们夸赞,几乎没有任何实际意义。名著不是这么读的。名著不是蕾丝边,不是名牌包包,不是与众不同,不是作文里的名人名言。名著得用阅历来读,用人生的悲辛来读。莎士比亚擦不了眼泪,也擦不掉别的东西。她们以为活在文学里,实际却在生活的门外。这些书里的苦难,远离她们的世界,外在于她们的认知,比隔靴搔痒还隔膜;而她们的切身危险,她们所需要的教训,却不在这些名著中,而在贝洛的童话里:别跟陌生人说话(《小红帽》),丈夫可能会杀妻(《蓝胡子》),婆婆会要媳妇的命(《睡美人》),母亲的偏爱很可怕(《仙女》),父亲也许想乱伦(《驴皮》),继母简直不是人(《灰姑娘》)……“我为你和你的小伙伴,/想出了一篇寓言。/趁年纪还小,你要背熟这首诗;/不是现在,等将来你从中摘取果实。”(克雷洛夫寓言《小羊》)但这些早熟的小女生,看不上这些童话的吧,于是径直跳过了这一章,跳进了李国华的陷阱里。你说你的房思琪有文学痴情,然而停留在囫囵吞枣阶段,真的是一语中的一针见血;不过想到你对中文语境和传统的理解,怎么总觉得就像是你的夫子自道？

话虽如此，你对中文语境和传统的热爱，尤其是对文学典故别开生面的反讽运用，还是令我有一种他乡遇故知的喜悦。我会认出你精心埋设的地雷，在意想不到的地方引爆，然后击节叹赏其大胆巧妙。那些文质彬彬的古典诗文，经你故意误用于情色场合，颠覆了陈陈相因的套路，让人产生新鲜的联想和感受，确实孕育出了某种艺术效果。"多美的女孩！像灵感一样，可遇不可求。也像诗兴一样，还没写的，写不出来的，总以为是最好的。"美丽的文学比喻，出诸学中文的西门庆、唐璜之口，形成了强大的张力。如果你就这么一直写下去，那该有多好呀，可惜人生跟历史一样没有如果。

奕含，你的悲剧令人痛心，你的作品让我震惊。但我现在不是对你本人说话，而是对作为作者的你说话。前者已经往生，唯有祝福安息；后者还将活着，活在你所有读者的心里。我不想让你对文学的误解，更确切地说是对文学的迁怒，影响你的作品的准确传播，成为让读者困惑的一个悖论，也就是你说的那个诡辩："我的整个小说，从李国华这个角色，到我的书写行为本身，它都是一个非常非常巨大的诡辩，都是对所谓艺术所谓真善美的质疑。"不，文学既不是悖论，也不是诡辩。文学不仅表现真善美，也揭露假恶丑。而正是你的作品本身，叛离了"温柔敦厚"的诗教传统，血淋淋地揭开了人性的疮疤，为世界的背面留下呈堂证供，为中国文学浩浩汤汤三千年的传统添上了未曾有过的有力一笔，也为贝洛以来教训女孩的童话课堂留下了一本活生生的惨痛教材。是的,诚如阿多诺所言,"奥斯维辛之后,写诗是野蛮的",但不写会更野蛮。也正如你所说,书写,就是找回主导权。所以,你的书写既不屈辱也不堕落,既不不雅也不变态,它就是从尘埃中开出的恶之花。你不愧曾是一个非常重度非常深的张迷,凭你的作品,对得起她那"全然不是这回事"(《花凋》)的当头棒喝。你说即使你写了这本小说,你也无法救赎,无法升华,无法净化,无法拯救,既拯救不了房思琪,也拯救不了你自己,但你可能拯救了许多与你有类似遭遇的读者。

在你作品的结尾,你写了刘怡婷的顿悟:她恍然觉得,不是学文学的人,而是文学辜负了她们。

现在你会明白我想说的:哪里是文学辜负了她们,分明是她们辜负了文学!

你的读者 阿平
于你五周年忌日(2022 年 4 月 27 日)

延伸阅读:

林奕含《房思琪的初恋乐园》,贵阳,贵州人民出版社,2020 年。

纳博科夫《洛丽塔》,主万译,上海,上海译文出版社,2005 年。

第十二讲
一万年：建筑与文字

一、西 洋 的 建 筑

西洋人跑到东亚来看寺庙，东洋人跑到欧洲去看教堂。大家都觉得好看，因为本地没有，至少也是罕见。

我是东洋人当中的一个。我在东亚看过无数的寺庙，去欧洲看过无数的教堂。看着看着，就自惭形秽起来：寺庙与教堂，岂可同日而语？再"雄伟"的寺庙，在直指苍穹的大教堂面前，也只是"侏儒"一个；木结构的寺庙"易朽"，或迟或早，总会有回禄之灾，被付之一炬，不得不重新再造，哪像石砌的大教堂"不朽"，屹立千年是常有之事。就像普鲁斯特说的："我感到教堂应该在我死后长期存在下去，就像它在我出生之前曾长期存在一样。"（《追忆似水年华》第七卷《重现的时光》）何况在欧洲，教堂们只能算是晚近之物，更早的古罗马、古希腊乃至史前建筑，早已都是庞然大物了。

有这种感觉的不光是我。西洋人对于自己的建筑,向来也是很景仰的。"我所以这样比较详细地写到萨摩司人,是因为他们是希腊全土三项最伟大的工程的缔造者。其中的第一项是一条有两个口的隧道……第二项是在海中围绕着港湾的堤岸……第三项工程是一座神殿,这是我所见到的神殿中最大的……正是由于这个原因,我才比对一般人更加详细地来写萨摩司人的事情。"(希罗多德《历史》第三卷)希氏之津津乐道于萨摩司人的故事,正是由于瞻仰其建筑,而对其建筑者心生崇敬的缘故。

反之,他们想象,当今日的繁华成为遗迹,未来的人也会依据建筑的留存,来评判今人的文化程度:"假如斯巴达城将来变为荒废了,只有神庙和建筑的地基保留下来了的话,过了一些时候之后,我想后代的人很难相信这个地方曾经有过像它的名声那么大的势力……在另一方面,如果雅典有同样的遭遇的话,一个普通人从亲眼所看见它的外表来推测,会认为这个城市的势力两倍于它的实际情况。"(修昔底德《伯罗奔尼撒战争史》第一卷)

修氏果然言中,雅典、斯巴达的建筑和地基,乃至希氏所见萨摩司的隧道、堤岸和神殿,如今的确保存完好,令人驰心于古希腊文化的辉煌。

二、东洋的建筑

而我们的祖先所描写的，则是我们的建筑是如何的易朽。

以阿房宫之宏伟，而"楚人一炬，可怜焦土"（杜牧《阿房宫赋》）；以扬州城之富丽，两经战乱，而"通池既已夷，峻隅又以颓"（鲍照《芜城赋》）；以洛阳佛教之全盛，值永熙多难，而"城郭崩毁，宫室倾覆，寺观灰烬，庙塔丘墟……京城表里，凡有一千余寺，今日寥廓，钟声罕闻"（杨衒之《洛阳伽蓝记序》）。时间久远一些的，则更是湮灭无存，连地点都无从知晓了："最是楚宫俱泯灭，舟人指点到今疑。"（杜甫《咏怀古迹》其二）

倘若如今去访古，休说与古希腊同期的文明遗迹，即便是大教堂时代的"晚近"之物，还能找到几处呢？而今的考古界，每当发现一个大型遗址，明知其相比庞贝古城之完好不啻碧落黄泉，却仍汲汲名之曰"东方庞贝"以自慰。

中华文明，比之西洋文明，莫非从来就难望其项背？

芸芸众生，作如此考虑者，想必为数不少。

三、谢 氏 之 洞 见

谢阁兰（Victor Segalen，1878—1919）是西洋人当中的

一个。他在欧洲看过了无数的教堂，又到东亚来看了无数的寺庙。看着看着，他也自惭形秽起来：教堂与寺庙，岂可同日而语？前者（教堂）是野蛮人无知的妄作："那些野蛮人，丢开木料、砖瓦和泥土，为了建筑永恒而在岩石中建筑！/他们崇拜那些因至今存在而光荣的陵墓、那些因古老而闻名的桥梁以及那些基石无一松动的庙宇。/他们夸口说，他们的水泥随着太阳的移动而变得坚固，他们的石板在月亮的消失中变得平整，什么都不能扯破他们穿戴的持久，这些无知者，这些野蛮人！"为什么这么说呢？那是因为："任何静止的物体都逃不过岁月的贪婪利齿。持久不属于坚固。""如果时光不侵蚀建筑，那它就会吞噬建筑者。"也就是说，因为时光难以侵蚀（石砌的）教堂，于是就吞噬了教堂的建筑者——"不朽"的教堂见证的，恰恰是欧洲文明走马灯般的换将！

而后者（寺庙）则是文明人智慧的象征："在沙地上建筑吧。给黏土掺上大量的水，竖起作为供品的梁木；很快，沙地就会塌陷，黏土就会膨胀，双层屋顶就会在大地上撒满鳞片……"然而这些"易朽"的建筑，却是人类献给时光的祭品："让时光饱餐吧：这些充满汁液的木柱，这些鲜艳的色彩，这些雨淋日晒的黄金。"（因此他给中国人的建议是："然而，如果你们不得不承受蛮横的石块和傲慢的青铜，那就让石块和青铜也承受朽木的外形，仿效朽木的徒劳吧：/不必反抗：让我们尊重逐渐消逝的岁月和贪婪的时光吧。"）而当"全部祭品都被接纳"，换来的就是人文的持久，以及那亘古常新的智慧："永恒不住在你们的墙中，而在你们身上，你们这些缓慢的人，你们这些持久的人。""你们，汉族子孙！你们的智慧已达万年，万万年。"（《古今碑录·一万年》①）也就是说，因为时光容易侵蚀（土木结构的）寺庙，于是它就放过了寺庙的建筑者（后来，三岛由纪夫在《金阁寺》里也表达过类似的看法："人类容易毁灭的形象，反而浮现出永生的幻想，而金阁坚固的美，却反而露出了毁灭的可能性。像人类那样，有能力致死的东西是不会根绝的，而像金阁那样不灭的东西，却是可能消灭的。"）——"易朽"的寺庙见证的，恰恰是中华文明的一脉长传！西洋文明，比之中华文明，原来竟是如此的望尘莫及！

芸芸众生，做如此考虑者，大约只有谢氏一个？

四、建筑与文字

但真理常常掌握在少数人手里。想想吧，从古希腊文，到拉丁文，到近代欧洲各国语文，神庙和教堂依旧耸立着，但进出神庙和教堂的人，却写着不同的文字，说着不同的语言；而且，即使是同一种欧西语言，由于是拼音文字的关系，

---

① 谢阁兰《古今碑录》法文原名"Stèles"，国内译本直译为"碑"虽不误，然《古今碑录》是作者自己起的中文名，窃以为应尊重作者本人的意愿，故本书都称《古今碑录》。

随着时间的不断流逝，也在逐渐变化坍塌。

正如"美国文学之父"华盛顿·欧文对一位假想的耿耿于怀于被人遗忘的英国作家所说的："连你希望永远纯洁稳固的语言，对每个时代的作家都不可靠……英国文学正因如此才变化无常，建立于其上的荣誉也转瞬即逝……除非让它依托于比语言更永恒不变的载体。这对深受欢迎、虚荣心强、沾沾自喜的作家是个打击。他发现，自己把名誉建立于其上的语言却在逐渐变化，随岁月流失而倒塌，随风尚变化而动荡。"[1]

又如，1891年3月薛福成访问了罗马。"薛参观罗马时，手里拿着艾儒略1623年成书的中文著作《职方外纪》，翻到有关意大利的章节，将他所看到的罗马经常与书中的描写进行对照。薛看到对万神庙和罗马水渠的描写都很精确，但在参观圣伯多禄教堂时则有些困惑。他问：教堂为何以'比爱'（Pietro）为名，而艾儒略称它'伯多禄教堂'：显然他不知道 Petrus（伯多禄）在17世纪的中文音译和Pietro（比爱）的新近音译的不同。"[2]其困惑显然也是二百余年间意大利语的变化所致。

---

[1]　《文学的易变性——在威斯敏斯特教堂的一次对话》，收入《见闻札记——美国文学之父眼中的19世纪欧洲》，刘荣跃编译，桂林，广西师范大学出版社，2003年，第91—92页。

[2]　白佐良、马西尼《意大利与中国》，肖晓玲、白玉崑译，北京，商务印书馆，2002年，第257—258页。

而寺庙尽管易朽，从文言文到白话文，上下五千年，整个大中华，却写着同样的文字，说着同样的语言。于是，欧洲文学被时间和语言的利刃切割得支离破碎，而只要稍受训练，中国人却可以尽享古往今来的文学！

这只是一个例子，此外的例子尽多。

也许，当欧洲人感慨于时间和语言利刃的切割时，他们仰望着神庙和教堂，找到了沧海横流里砥柱中流般的心理安慰。神庙和教堂似乎是文艺的模范，灵感的来源，一切创作的终极理想，"比语言更永恒不变的载体"。

有人称道维庸的《大遗嘱集》就像是一座文学大教堂。"的确，《大遗嘱集》虽然词义不明，但是其构造却像是一个美丽的结构主义大教堂，全部的石柱都发出回声。"[1]"维庸作品就是他那个时代的形象，而法国的大教堂令人钦佩地表达了这一时代的特点。事实上，在我们看来，从全部的比例判断，《大遗嘱集》就像是一座文学大教堂；就其种种正确的比例、优雅、建构的基础和各部件肌体的坚实而言，他的整体完全吸引了读者的目光和注意力；读者继而受到激励，欣然细察门廊下面众多的雕像，还有高悬围墙上方边缘檐槽喷口作咧嘴怪相的石兽。全部这些作为遗产的附加部分，都逐渐消逝在布局的优异之中，从这样的布局中洋溢出

---

[1] 罗歇·贝迪让《维庸诗歌的主题》，收入维庸《遗嘱集》，杨德友译，上海，华东师范大学出版社，2010年，第288页。

来的是生命和死亡的双重的芬芳。正像一座大教堂的几个尖顶迎着阳光闪现那样,维庸的诗歌及其双重的沉思,突然从他备受折磨的心灵中闪现出来。"①

夏多布里昂也自称《墓畔回忆录》就是一座大教堂。

普鲁斯特受亚眠大教堂的启示,而有了巨著《追忆似水年华》,动笔之初,甚至以"大门""彩绘玻璃窗"等为各部分的标题,并对别人指出该书像大教堂的说法大为感动,视为知己之妙语②。在小说里,普鲁斯特也一再提到,他写作就像是在建造教堂:"我将粗粗地勾出我这部书的概貌,我不敢狂妄地说它像一座教堂,只求它像一条连衣长裙。""我有所建树的想法却一刻也没离开过我的心头。我不知道那会不会成为一座教堂,让信徒们能在教堂里渐渐地学习真谛和发现和谐。"他担心完不成自己设定的写作目标,就像那些永远完不了工的大教堂一样:"(作家的工作是那么艰巨,像)建造教堂那样建造之……而在这些鸿篇巨制里,有些部分还只来得及拟出提纲,因为由于建筑师计划之宏大也许永远都不可能完工,有多少大教堂仍处于未完成状态啊!"(《追忆似水年华》第七卷《重现的时光》)

而拉克洛的《危险的关系》仅像城堡,则又等而下之了。

反之,当中国人感慨于寺庙的易朽时,他们求救于人

---

① 维庸《遗嘱集》,杨德友译,译者前言《英雄莫问出身》引让·贝尔纳之说,第7—8页。

② 1919年8月1日《致让·德·盖涅龙伯爵书》。

文,在文章是"经国之大业,不朽之盛事"(曹丕《典论·论文》)的信念里安身立命。建筑不能永恒,那么就让文章来"恢万里而无阂,通亿载而为津"(陆机《文赋》)吧! 杜甫慨叹楚宫之泯灭无痕,不因别的,只因读了宋玉的文章,"摇落深知宋玉悲",于是爱宋玉而及楚宫;而这由衷的"怅望千秋一洒泪",不正是文章之力的最好证明吗? 文徵明也看到了,文章远比胜迹长命:"今《禊帖》传天下,人知重之,而胜迹芜废","兰亭之名迄配斯文以传"(《重修兰亭记》)。归有光则感叹,建筑的寿命远不如文章:"夫古今之变,朝市改易。尝登姑苏之台,望五湖之渺茫,群山之苍翠,太伯、虞仲之所建,阖闾、夫差之所争,子胥、种、蠡之所经营,今皆无有矣……而子美之亭,乃为释子所钦重如此。可以见士之欲垂名于千载,不与其澌然而俱尽者,则有在矣。"(《沧浪亭记》)——所"在"即为文章也! 兰亭、黄鹤楼、鹳雀楼、岳阳楼、滕王阁、沧浪亭屡毁屡建,全赖《兰亭集序》、《黄鹤楼》诗、《登鹳雀楼》诗、《岳阳楼记》、《滕王阁序》、《沧浪亭记》等诗文之力而维持其一线不绝之命脉;而没有《阅江楼记》,甚至根本就不会有阅江楼!

虽非建筑,但于"黄州赤壁"也可说同样的话,即没有前后《赤壁赋》,就根本就不会有"黄州赤壁"。日人股野琢《苇杭游记》(1908年)"十月二十七日"咏黄州赤壁云:"一从苏老试舟游,盖世勋名不说周。风月江山本无主,好将二赋领千秋。"即是此意。又,"十月十八日"云:"夜半泊岳州。缺月悬在岳阳楼,楼则府城一望楼耳。范希文作之记,其名不灭,文之不可已若是夫。"亦是此意。

当然,在西洋也可以看到相似的例子,如雨果的小说《巴黎圣母院》,拯救了现实中的巴黎圣母院,但这样的例子实属凤毛麟角。

五、文明的特色

当然,事情总有两面。也许,寺庙的"易朽",让中国人更重视固守传统;而神庙和教堂的"不朽",则让欧洲人勇于变革和创新。后者就如有些君主立宪制国家,政府尽管走马灯般地更迭,王室则成为国民凝聚力的象征;前者犹如朝代尽管改换,主人尽管变迁,文明的传统却始终不变。孰优孰劣自难评判,重要的是拥有如谢阁兰那般的洞观能力,接纳他者的眼光,以取他者之长处为我借鉴。

延伸阅读:

谢阁兰《碑》,车槿山、秦海鹰译,上海,上海人民出版社,2009年。

邵南《谢阁兰与中国文化》,上海,中西书局,2021年。

第十三讲
"大英""远东"与"话语主权"

引　言

　　所谓"话语权",也就是"发言权",或"解释权",主要就个体、机构层面而言,也可以指涉更大的范围;所谓"话语主权",主要就国家层面而言,涉及国家主权、国家立场、国家定位、国家认同、国家形象等。一字之增,层级不同,前者日常多用,后者自我作古。

　　概括起来,"话语主权"有以下几项特征:(一)有"自大",无"他大"(外交场合或可"互大");(二)有自我中心,无自我边缘;(三)有自我本位,无他人本位;(四)有自我美化,无自我矮化。这些放在个人身上,也许都是缺点,但置于国家层面,却都是必须的。

　　就以"大英""远东"为例吧,这是我们的语言生活中经常出现的两个词,但它们有悖于"话语主权"的前两项特征,其存在其实意味着我们"话语主权"的丧失。据说,周谷城先生从不承认英国是世界的中心,也不接受中国位于"远东"的概念,想必他更不会称英国为"大英"。

本文主要从"话语主权"的角度,谈一谈所谓的"大英"与"远东",顺及数字的表达方式问题。

一、国名:所谓"大英"

说起"国名",国号带"大"的不少,情况却各不相同。比如,我们的正式国号中是没有"大"的,但在有些场合也会自称"大中华""大中国";韩国的全称是"大韩民国","大"是正式进入国号的;越南历史上曾自称"大越",其所编历史书有《大越史略》《大越史记全书》;日本在二战前自称"大日本帝国",其所编"正史"则称《大日本史》;此外,国人习称英国为"大英",什么"大英帝国""大英博物馆""大英图书馆""大英百科全书",不一而足。

概括言之,中国是第一种情况,属于正式国号中没有"大",民间等非正式场合偶称之;韩国、越南、日本是第二种情况,在国号中自称或曾自称"大";英国是第三种情况,英文中原本没有"大英",英国也从未自称过"大英","大英"只是中文里对它的称呼。

从"话语主权"的角度来说,别人可以"自大",我们却不宜"他大"。大概因为这个原因,前面提及的《大越史略》,收入《四库全书》时,"大"字就被去掉了。《四库全书总目》卷六十六《越史略》提要云:"此书原题《大越史略》,盖举国号为名。"四库馆臣不肯"他大",去掉了"大"字,改称为《越史略》。所以在《四库全书》中,找不到《大越史略》,而只有《越史略》。

随便改人家的书名,自然不甚妥当,有时却似乎不得已。比如日本规模最大的纪传体"正史"《大日本史》,在中国出版时就被更名为《日本史记》,出版社的说明是:"为醒目起见,本书更名为《日本史记》,内文仍题为《大日本史》。"其真正的理由我想你懂的,即它在中国不宜用原名出版。

不过有意思的是,同样书名里有"大",越南古代的"正史"《大越史记全书》,近年来在中国出版时,却并未被更名为"越南史记全书"——由此推想,《越史略》如有机会出版,也许还会恢复原名?此外,诸如《大韩细节》这样的书,书名虽有"他大"之嫌,但在国内也出版无碍。然则这种"不同待遇",又是为什么呢?

我想,这表明对于邻国的"自大",我们的感受比较复杂。当年昙花一现的"大日本帝国",曾经犯下累累战争罪行,杀害了我们几千万同胞,所以除了汉奸,国人一般根本不会称"大日本",倒是很多老辈人常会称"小日本";而朝鲜半岛、越南则一向与我们睦邻友好,基本上没有加害过我们,而且又比我们要小很多,所以也许我们并不十分介意它们的"自大"。

目前最荒唐可笑的，可能就是中文里"大英"的说法了："大英帝国"（The British Empire）、"大英博物馆"（The British Museum）、"大英图书馆"（The British Library）、"大英百科全书"（*Encyclopædia Britannica*），它们的英文原名中都没有"大"，而仅仅是"不列颠帝国""不列颠博物馆""不列颠图书馆""不列颠百科全书"。简言之，英文里没有"大英"，只有中文里才有。换句话说，英国并未"自大"，我们却一味"他大"。这岂不是很荒唐可笑么？

那么，中文里的"大英"之称是怎么来的呢？我推测有两种可能性。

其一可能是来自对"大不列颠"（Great Britain）的误读，以为"大英"是对"大不列颠"的汉译。其实，位于英伦三岛的"大不列颠"，一是相对位于法国西北部的"小不列颠"（Little Britain），亦即"布列塔尼"（Brittany）而言，仅表示两个不列颠地区大小有别而已，正如古代中国东边海中的"大琉球""小琉球"；二是指"联合王国"（UK）的前身。二者原本都没有"自大"的意思，也都不能汉译成"大英"。

理查德·汉弗莱斯的《心灵的风景：泰特艺术珍藏》一文介绍说："（大不列颠）自 1603 年苏格兰国王詹姆斯一世登上英格兰王位后开始使用，从 1707 年开始正式作为对英格兰、威尔士与苏格兰联合体的称呼，并在 1800 年爱尔兰加入这个联合体之后被继续沿用。1921 年，爱尔兰成为独立国家，'联合王国'便指代先前的'大不列颠'在此后形成的政治国家,北爱尔兰仍旧作为其一部分被囊括在内。'大不列颠'仍在包括国际体育比赛在内的许多场合中被使用,但实际应指'联合王国'。"①

又,所谓"不列颠帝国"或"英帝国"(The British Empire),其实只是一个非正式的称呼,指的是英国本土加上其殖民地,而不是指英国本身。二战之后,大多数殖民地纷纷独立并加入"不列颠联邦"或"英联邦"(British Commonwealth of Nations,1946 年起去掉 British,改称 Commonwealth of Nations,但中文里仍沿袭了旧称),未独立的殖民地也已改属"不列颠联邦"或"英联邦",所以现在也不大称"不列颠帝国"或"英帝国"了。

其二是来自近代外交场合的"互大",我以为这种可能性最大。历史上,封建王朝一向习惯"自大",清朝就一贯自称"大清"。但在近代的外交场合,尤其是与列强打交道时,又不能仅仅"自大",而往往需要"互大"。于是,清朝与列强交涉时,就自称"大清",而称对方"大某"。

清朝与英国"互大"的较早例子,我找到的官方文书是中文版《中英南京条约》,其中中方的称呼是"大清",英方的称呼是"大英"。这是中文里较早出现"大英"的法律性文件,我以为"大英"的称呼应当就是从这类文件里出来的。

---

① 上海博物馆编《心灵的风景:泰特不列颠美术馆珍藏集(1700—1998)》,上海,上海书画出版社,2018 年,第 11 页。

这种"互大"的做法,不仅对英国是这样,对其他列强也是这样。在 1901 年 9 月 7 日签订的《辛丑各国和约》中,除了"大清"外,十一个列强的国号,都被加上了"大"字,如大德(德国)、大奥斯马加(奥匈)、大比(比利时)、大西(西班牙)、大美国(美国)、大法(法国)、大英(英国)、大义(意大利)、大日本(日本)、大和(荷兰)、大俄(俄罗斯)。这些列强国号前的"大",也都仅仅是中文里有的,其本国原文里是没有的(除了日本)。而后来除了"大英",其余都烟消云散了。

总之,英文里本没有"大英","大英"是中文里的特产,最初应该是清、英"互大"的产物,后来则可能加上了对"大不列颠"的误读。

然而,清朝在 1911 年就灭亡了,"大清"的称呼也早已随风而逝了,"大英"的称呼本来也应该一并消失的,正如其他各个"大某"一样,却事与愿违,仍顽强地存活在我们的语言生活中,这又是为什么呢?

我以为,这其实是自鸦片战争起屡败于西洋列强后,国人自卑心理、自虐心态作祟的表现,堪称"斯德哥尔摩综合症"的后遗症。

可是,鸦片战争都过去一百八十年了,中国人民也早已站立起来了,所以拜托大家别再称"大英"了!

那么具体应该怎么做呢?我的建议是,凡是国人习称"大英"处,都应按照英文的原貌,改称"不列颠"或"英国"。比如,"大英帝国"改称"不列颠帝国""英帝国","大英博物

馆"改称"不列颠博物馆""英国博物馆","大英图书馆"改称
"不列颠图书馆""英国图书馆"。目前只有《不列颠百科全
书》的书名是恰当的,可是介绍此书时,总有人不忘蛇足一
句"又称《大英百科全书》"!

二、方位:所谓"远东"

说起"方位",我们的国名"中国"很霸气,全世界独一无
二,意指天下的中央。古代中国人的世界观就是这样的,中
国在天下的中央,周围都是蛮夷,并按照方位,分别给他们
起了不同的名字——东夷、南蛮、西戎、北狄,再外面则是四
海。这种世界观与今天强调万国平等的观念是很不一
样的。

历史上,我们以自己为中心,以大陆的视角,称西方为
"西域",以海洋的视角,称西方为"西洋"。中国人的"西域"
"西洋"概念,颇似欧洲人的"东方"概念;中国人"西域""西
洋"概念的不断"西扩",也颇似欧洲人"东方"概念的不断
"东扩"。

但在古代佛门的世界观中,中国不是中心,印度才是中
心,所以在佛门中,印度是"中国",而中国则是"边地"。这
一观念也被唐前的中土僧人所接受,持"中国中心论"的儒
生经常与之吵翻天。如后秦有个高僧叫法显(334—420),
于399年至412年赴天竺取经,回到东晋后,写了一部《法

显传》(414)，"自记游天竺事"，其结语说："法显发长安，六年到中国。"法显这里说的"中国"，并非是指自己的祖国，而是指"中天竺"或"中印度"。到了唐时，玄奘(602—664)、辩机(619—649)作《大唐西域记》，义净(635—713)作《大唐西域求法高僧传》，纷纷背弃佛门原来的世界观，自称"中土""中夏""中国"，而把天竺(印度)纳入了"大唐西域"的范围。这表明他们的国家意识超越了宗教意识，大概也是唐太宗喜欢玄奘们的理由之一。

　　矗立于这种"西域"观背后的，当然是中国中心意识。而且这种中国中心意识，也曾为中国周边地区所接受。如法显《法显传》上述"法显发长安，六年到中国"之句，《高丽藏》本"中国"作"中印国"，一字之增，透露了高丽人的心曲，似乎只承认中国是"中国"，不承认中印度是"中国"，其中消息耐人寻味。又如17世纪朝鲜文人金万重的小说《九云梦》里就说："唐时有高僧自西域天竺国入中国。"同样把天竺置于大唐西域，颇得中国式"西域"观的精髓。

　　不过，西方人说"近东""中东""远东"，中国人却不说"近西""中西""远西"，而是在"西域"概念与时俱扩的同时，以"小西"表示"中西"(如以"小西洋"指印度洋)，以"大西""泰西"表示"远西"(如大西洋、大西国、泰西人)。这里的"大"是"远"的意思，"小"是"近"的意思。

　　为什么今天有个大洋叫"大西洋"呢？在明初郑和下西洋的时候，中国人所了解的"西洋"，主要是指印度洋，还没有大小之分。如罗懋登写郑和下西洋的小说《西洋记》的序中说:"直抵……阿丹、天方诸国,极天之西,穷海之湄,此外则非人世矣。"那么我们是从何时开始知道并称呼"大西洋"的呢?大概是从四百多年前开始的吧。1601 年,意大利传教士利玛窦进入北京,自报家门是"大西洋欧罗巴人"。当时人知道了"西洋"之西还有大洋,于是就称该大洋为"大西洋",称原来的"西洋"(印度洋)为"小西洋",正如曾称西太平洋为"小东洋",称东太平洋为"大东洋"。但后来"小西洋""小东洋""大东洋"之名都不传,只有"大西洋"之名鲁殿灵光,硕果仅存(1497 年,达·伽马绕过好望角进入一片大洋,以其目的地为印度,而称之为"印度洋",意谓"通往印度的大洋",中国何时改称"西洋""小西洋"为"印度洋"已不得而知;1520 年,麦哲伦沿南美洲航行到其南端,穿过后来以他名字命名的那个海峡,进入了一片当天风和日丽的大洋,七年前巴尔沃亚称之为"大南海",麦哲伦遂改称为"太平洋",中国何时改称"小东洋""大东洋"为"太平洋"也已不得而知)。

我们再看欧洲人的方位观念。欧洲的西面是大洋,在"发现"新大陆之前,他们对那里没什么兴趣,所以一直是往东发展,并以欧洲为中心,将东方(亚洲)根据距离远近,命名为"近东""中东""远东"。在他们的意识里,小小的地中海,或英伦三岛,就是世界的中心。所谓"近东""中东""远东"之类说法,就是以欧洲为"中"推算出来的,都是站在欧洲的立场上,以欧洲的视角为中心的说法,蕴含有浓厚的"欧洲中心意识"。他们看埃及文明、两河流域文明就是近东和中东,看印度、中国文明就是远东,与我们往西看出去的小西、大西、泰西正好相反。

本来,这两种方位观念各自为政,井水不犯河水,但近代自鸦片战争以后,中国一再败北于西洋列强,方位观念也随之发生了巨变。我们放弃了自己原有的方位观念,全盘接受了欧洲人的方位观念。于是,自古自居于"天下"中央的国人,又开始走向了另一个极端,似乎变得过于"谦恭"起来,不仅拱手让出了"中",还自觉地侧身于"东"或"远东",甚而还有点"乐不思中"了。

于是,我们开始津津乐道地自居于"远东",我们的语言里出现了无数的"远东",什么"远东饭店""远东出版社""远东第一公寓""远东第一大厅""远东第一制皂厂""远东第一大城市"……有人借助互联网的搜索引擎,搜得以"远东"为关键词的词条竟有几十万条之多,可见国人对此词的乐此不疲。

可是,既然地球是圆的,那么我们站在哪里,才会觉得自己"远",觉得自己"东"呢?除非是站在欧洲人的立场上,以欧洲为中心,否则无论怎么看,我们也不会是在"远东"。如果我们真是在"远东",那我们就不该叫"中国",而是该叫"远东国"了。而我在欧陆到处漫游的时候,从没见过他们自居于"远西"的。这或许也是一种中西方之间的"差距"吧！

说起来，古代的朝鲜半岛人也曾自居于"东"或"极东"（远东），如朴趾源(1737—1805)《热河日记》(1780)卷四《鹄汀笔谈》说："鄙人万里间关，观光上国，敝邦可在极东，欧罗乃是泰西，以极东、泰西之人，愿一相逢。"但当时他们是以中国为中心才那么说的，今天的我们是否要向古代的他们学习，心甘情愿地自居于欧洲的"远东"呢？

在我们今天的方位观念里，不仅"远东"有问题，所谓"近东""中东"也有问题。从我们的视角看出去，西方人所谓的"近东""中东"，其实都在我们的西边，应称"中西""小西"（相对于"近西""远西"）才是。但现在"话语主权"在西方人手里，我们无奈只得跟着他们称"近东""中东"，尽管它们其实都在我们的西边。

我也看过不少国家的电视新闻节目，如果背景里有个地球在旋转，那么可以保证那个国家最后会转到当中来，哪怕它小到即使转到当中还是看不见。地球本来就是圆的，谁都可以自居于"中"嘛。原先我们用这个道理教育自己要谦虚一点，现在我觉得应该用这个道理鼓励自己自信一点。

如果站在"中国"的立场上，以我们自己的视角为中心，看出去的"东""西""远""近"，难道不是正好与欧洲相反吗？所以，也许我们需要重新定义中国的"近东""中东""远东"以及"近西""中西""远西"。从我们的视角看出去，朝鲜半岛、日本才是我们的"近东",关岛、夏威夷才是我们的"中东",加拿大、美国才是我们的"远东";同时,从"中国"的立场看过去,中亚、印巴次大陆是我们的"近西"(小西),两河流域、阿拉伯半岛、土耳其是我们的"中西",欧洲则是我们的"远西"(大西、泰西)。

也就是说,在这个地球上,既然西方人可以有"远东"的概念,中国人当然也可以有"远西"的概念——其实我们原先是有过这个概念的,只是进入近代以后我们把它给抛弃了。

而有意思的是,最早重拾"远西"概念的,却不是我们自己,而是一个西方人。现代法国诗人谢阁兰《古今碑录》1914年再版题词写道:"谨以此书由古老的中国向远西的文人致敬!"(L'hommage fait en ceci par la vieille Chine aux lettrés d'Extrême-Occident.)这位诗人仅活了四十多岁,其中有五六年生活在中国,也非常喜欢中国文化,能够真正放弃殖民心态,也相对摒弃欧洲中心意识(研究"东方学"的萨义德就曾表扬过他的这一点),帮我们重拾"远西"概念,值得我们敬佩与反思。为向这位一百多年前帮我们重拾"远西"概念的西方文人致敬,我写的一本有关法国文学的小书就取名《远西草》,还在扉页上引了他那句话作为题词,并在"后记"中说:

　　　书名"远西草",既受惠于谢阁兰之洞见,又加之以
　　自己的理解。在他,是以换位思考,彰显西方的偏见,

唤起东方的自觉；在我，则以旧词新用，昭示立场的自我，擦洗"远东"的积垢。天道好还，是耶非耶？

三、数字：所谓"千分撇""千分空"

现代汉语里的数字有两套系统，一套是传统的汉字数字系统，一套是引进的阿拉伯数字系统。在数学运算等场合，阿拉伯数字有其无可替代的优越性，所以已牢牢地扎下了根。与此同时，在一般的文章里，由于方便、规定、"与国际接轨"等原因，阿拉伯数字也用得越来越多，有日渐蚕食传统的汉字数字的趋势。不过由此引发的一系列的问题，却不能不引起我们的重视。

比如，"600年前郑和首航下西洋"，这个"600年前"，表示的到底是年份，即"（西元）600年前"，还是年数，即"（距今）六百年前"？对缺乏历史知识的人来说，理解恐怕就会有歧义。而如果用阿拉伯数字表示年份，用汉字数字表示年数，这类歧义就完全可以避免。可惜现在的规定却不管年份还是年数，一律要求用阿拉伯数字，这样歧义自然也就难免了。

问题不仅出现在技术层面上，也出现在文化背景上。比如不知大家是否注意到，现在用阿拉伯数字表示计量单位，从个位数起，常常是每隔三位有个逗号（所谓"千分撇"），或者空半格（所谓"千分空"，半个阿拉伯数字的位置），例如"1,300,000,000"或"1 300 000 000"。知道这些逗号或空格意味着什么吗？有人会猜想那是因为数字太长了，所以要用逗号或空格来歇口气。其实他们错了。

再举一个例子：出版物的版权页上，常会印上该书的字数，一般会写成"多少千字"，比如"150 千字""320 千字"。对此，你从来就没有觉得别扭或奇怪吗？现代汉语的口语里，一万以上的数字，哪有说"多少千字"的，还不都是说"多少万字"吗？既然这样，为什么不"言文一致"，干脆写成"15万字""32 万字"，而要别扭地写成"150 千字""320 千字"呢？

有人说是因为稿费要按"千字"计算，所以得写成"多少千字"——这不是因果倒置了吗？书稿写成"多少万字"，稿费不就自然按"万字"计算了？

同时，报刊上的短文大都不到万字，稿费当然仍可按"千字"计算——我们只说"十千"以上要说"万"，可没说"一万"以下不能说"千"！

两个例子的原因都是一样的，那就是西式数字表达方式的影响，以及我们对之的"食洋不化"。比如英语中数字的读法，是每三位有一个名称的，即"thousand"（千）、"million"（百万）、"billion"（美、法：十亿；英、德：万亿）、"trillion"（美、法：万亿）……用阿拉伯数字标记的时候，西方人为了读起来方便，就把四位以上的数字，从个位数起，每隔三位加一个逗号或者空半格，即所谓的"千分撇"或"千分空",这样,只要看一下逗号或空格,就知道该怎么读。

比如,从个位数往前,第一个逗号或空格代表"thousand",第二个逗号或空格代表"million",第三个逗号或空格代表"billion",以此类推。

举个例子来说,西方人看到"3,015,070,000"或"3 015 070 000",就知道该读"3billion 15million 70thousand",而不必从个位数往前倒推。你看,对西方人来说,这种标记法有多么方便!

然而,这却与我们汉语的表达习惯不相吻合。汉语数字的读法,自古以来,是每四位有一个名称的,即"万""亿""兆"……我们说"一万",不说"十千";说"一千万",不说"十百万";说"一百亿",不说"十十亿"……

同理,用阿拉伯数字标记的时候,为了我们读起来方便,我们理应把五位以上的数字,从个位数起,每隔四位加一个逗号或者空半格(也许可以称之为"万分撇"或"万分空"),这样,只要看一下逗号或空格,就知道该怎么读。从个位数往前,第一个逗号或空格代表"万",第二个逗号或空格代表"亿",第三个逗号或空格代表"兆",以此类推。

比如,同样是上面那个数字,如果我们把它标记为"30,1507,0000",或者是"30 1507 0000",一看就知道应读"30亿1507万",而不必从个位数往前倒推。这对我们来说,难道不是既自然又方便吗?

连西方人也意识到了二者间的不同:"数字不仅仅是数

字,它们代表的是不同的计数体系。在英国的计数体系中,较大的数字是以千为单位来递增,而在中国的计数体系中,则是以万为单位递增。"①

而我们现在却乱学西式标记法,每三位加个逗号或空半格。结果,那些逗号或空格成了莫名其妙的摆设,对我们来说毫无意义。每次我们都得从个位数往前倒推,或者把西式标记法换算成中式的。这哪里是为了让阅读变得方便,简直是存心为阅读设置障碍!

不仅不方便,而且还别扭。本应当写成"15 万字""32 万字"的,却写成了"150 千字""320 千字"!

在林纾、曾宗巩译的《鲁滨孙飘流续记》(1913)里,已出现了"七十千镑""一百千镑"等奇怪的说法,明显是迁就英文原来的计数法。这应是英式计数法误入中国的早期例子吧?

其实,也正是由于这种文化上的差异,对中国学生来说,英语听力测试中一个颇令人头痛的问题,就是把耳朵里听到的"多少 billion 多少 million 多少 thousand",在脑子里转换成中式的表达方式,再和试卷上的一长串数字对应起来。

为了学好西语,自然得掌握西方人的数字表达习惯;但

---

　　① 卜正民《塞尔登的中国地图》,刘丽洁译,北京,中信出版社,2015 年,第 63 页。

在自己的汉语语境里表达数字,我们又何必去迁就西方人的数字表达习惯呢?

结　　语

最后,我想引用《李希霍芬中国旅行日记》1868 年 10 月上中旬的一段话作结:

> 每天下午我都在这里(北京城墙上)散步,即使在北京待很长时间,这种散步仍然是巨大的享受……对于外国人可以在城墙上自由地走来走去,而他们自己却被禁止这样做,这里的人们好像并不怎么在意。这种漠视和缺乏自我意识最能表现出中华民族此时所处的道德水平。他们常常扎堆站在城墙下,好奇地看着上面那些俯视着北京城的外国人,甚至对此津津乐道,没有敌意,也没有任何爱国主义情绪。而日本人,虽然他们的自然环境并不好,但却更好斗,更具有自我意识。他们绝不会容忍外国人拥有这样的特权。可能没有任何一个大民族能容忍。①

"这种漠视和缺乏自我意识最能表现出中华民族此时

---

① 费迪南德·冯·李希霍芬撰、E. 蒂森选编《李希霍芬中国旅行日记》,李岩、王彦会译,华林甫、于景涛审校,北京,商务印书馆,2018 年,上册,第21—22 页。

所处的道德水平",且让我们记住李希霍芬的这一当头棒喝,在日常的语言生活中具有"话语主权"意识,彻底清算"大英""远东"之类"丧权辱国"的词语——这其实也关乎中华民族"道德水平"的伟大复兴。

延伸阅读:

　　胡言《胡言词典:关于外来语和流行语的另类解读》(合集版增订本),上海,中西书局,2019年。

第十四讲
中历、西历与"时间主权"

空间有空间的主权,我们有空间的领土管辖范围;但是采用什么样的历法,也就是进入什么样的时间秩序,这是一个"时间主权"的问题。你进入我的时间秩序,那我就是有"主权"的。在古代的东亚世界,大家都使用中历,也就是中国的历法,就被纳入了中国的时间秩序,接受了中国的"时间主权";我们现在使用西历,也就是西洋的历法,就被纳入了西洋的时间秩序,从属于西洋的"时间主权"。

一、中历:中华文明的时间秩序

子曰,名不正则言不顺。我们首先要为中历正名。

"中历"(也可称"华历")为"中国历法""中华历法"的简称,可以彰示中国历法(中华历法)的本质。笔者一贯主张,应以"中历"(或"华历")来取代并统一现在各种以偏概全、似是而非的说法(如"夏历""阴历""农历""旧历"之类)。

　　中历始于战国初期（前 427）发明的《四分历》，测定回归年长度 365.25 日，朔策 29.53 日，找到十九年七闰的规律，无须"观象"，仅凭推算便可以制"历"，中国由此步入历法时代，至今已有近两千五百年历史，是中华文明的一大标志。

　　此前夏商周三代"观象授时"，也就是观天象以确定年月日时，有"历"无"法"，所以并无什么"夏历"；传统的中历，从汉武帝开始至今，在夏正、商正、周正里，始终采用"夏正"，民间因此称"夏历"，其实并不准确。因此，中历不是"夏历"。

　　与一般认为中历只是"阴历"的成见不同，它并不是纯阴历（回历才是纯阴历），而是太阴太阳历，或阴阳合历。"廿四节气"就是依据太阳历（回归年）安排的，"置闰"就是为了协调阴历和阳历（纯阴历，如回历，并不置闰，《明史·外国传》中，曾反复提到采用回历之"西洋"各国"不置闰"之事实）。因此，中历不是"阴历"。

　　过去的东亚地区以农耕、渔业、航海文明为主，中历既反映太阳的四时变化（廿四节气），适合农业，又表现月亮的阴晴圆缺（潮汐变化），适合渔业、航海，的确可以说是非常适合东亚社会的。中历平年三百五十余天，闰年（十三个月）三百八十余天，如果不安排廿四节气，本来并不适合农业。因此，中历不是"农历"。

　　况且，阴历不适合农业，阳历才适合农业，既说中历是

"阴历",又说中历是"农历",本身就是打架的。

即使从百余年前采用西历以后,中历也一直活在我们中间,从来就没有消失,永远也不会过时,怎么就是"旧历"了呢?1949 年中华人民共和国建立后,采用"公历"(西历)和"公元"(西元)作为历法和纪年,但也并未说废除中国传统的历法,实际的做法其实一直是二历并用的。因此,中历也不是"旧历"。

历史上人们每提到中历,都会强调其"中国"特质。如元人周达观《真腊风土记》八"室女"条称,真腊(柬埔寨)"每岁于中国四月内……",十三"正朔时序"条又称,其"每用中国十月以为正月";元明间人周致中《异域志》卷上"朝鲜国"条称,古朝鲜"用中国正朔";近代傅云龙《游历日本余纪》(1887—1889)称:"每当中国七月,为西纪八月。"——所谓"中国四月""中国十月""中国正朔""中国七月",都是"中历"之意,在他们的下意识中,与"外历""他历"(包括"西历""西纪")对举。

且作为与"西历"相对的称呼,"中历"之称本身由来已久,实非自我作故。西历刚东渐时,近代中国的出版物,常中西历并用对举。如英国圣公会教徒傅兰雅(John Fryer,1839—1928)自费创办的中国近代第一份中文科技期刊《格致汇编》(*The Chinese Scientific Magazine*),内封上并列印着中历和西历(如"中历光绪二年春季""西历一千八百七十六年春季")。由美国监理会传教士林乐知(Young John

Allen，1836—1907)等人在上海创办的《万国公报》(1868年9月5日—1907年7月)，1894年刊载孙中山《上李傅相(李鸿章)书》那期的封面上，并列印着"中历光绪二十年九月""西历一千八百九十四年十月"。1901年9月7日签订的《辛丑各国和约》，也是随处"西历""中历"对举。李筱圃《日本纪游》(1880)云："时当中历四月杪，夏菊盛开。"黄遵宪《日本国志》(1887)卷九《天文志》云："考日本旧用中历，今用西历。"都明确使用"中历"的说法，且中西历对比意识明显。此外，还曾有过"华历"的说法。

现在国内法学界有"中华法系"的说法，指中国传统的法律体系，东亚各国古代法律均曾参照之；算学界有"中算"的说法，指中国传统的算学(日本的"和算"源于中算，可谓中算的一个分支)，如黄庆澄《东游日记》(1893)云："中西算术虽互相表里，然其造算之始，途径微别。中算从九数入手，西算从十字入手。"医药界有"中医""中药"的说法，韩国的"韩医""韩方"，日本的"汉医""汉方"，越南的"东医""北药"，都是其分支；服饰界有"中华衣冠"的说法，指中国传统的服饰，曾经衣被东亚各国；绘画界有"中国画"的说法，韩国、日本的"东洋画"都是其分支……中历与它们性质相似，属于同一个系统，都是中华文明的标志，历史上皆曾泽被东亚各国，故须以"中历"的称呼，来明确其"中国"特质——如果"中药"叫"农药"，"中算"叫"旧算"，还成什么话！

名正言顺。这种非常合理的中历，中国、朝鲜半岛、日本、琉球、越南等东亚各国一用就是两三千年。使用统一的中国历法,曾经是东亚世界的传统标志之一。在漫长的岁月里,东亚人民依中历来生活、生产,大至国家大事,小至个人生日,无不以中历来标记。可以说,中历作为一种时间秩序,作为一种时间坐标系统,其影响已渗透到东亚社会生活的方方面面。

二、正朔:所以统天下之治也

中历过去在东亚世界的通用,实具有国际秩序的象征意义。宋徐兢《宣和奉使高丽图经》卷四十《同文》云:"正朔,所以统天下之治也。"岁首曰"正",月首曰"朔","正朔"合称,就是历法,代表时间秩序。一个共同的世界,除了划分空间的疆域,还要制定统一的时间,也就是说,得建立时间秩序,这就是"正朔"的重要性之所在(年号尚是附加的)。而从更宏观的"究天人之际"的角度考虑,则也是宇宙三维时空在人世间的反映,有无正朔乃是文明、野蛮的分水岭。清周煌《琉球国志略》卷二《国统》云:"天生民,立之君。自尧舜以来,正朔相承,尊无二上,国统历历可纪;至若四垂荒眇弹丸黑子之地,莫不各君其国,而声教之所未通,即皆甲子无稽,世次湮灭,理有固然。"明张岱《琅嬛文集》卷一《桃源历序》云:"天下何在无历? 自古无历者,惟桃花源一村。人以无历,故无汉无魏晋……桃源以外之人,惟多此一历,其事千万,其苦千万,其感慨悲泣千万。"虽然立场不同,但说明时间秩序对于文明的重要性,说明"正朔"(历法)的"统治"意义甚为明晰。

中国是世界上最早发明历法的国家之一,也曾以颁赐历法来宣示对天下的控制。在传统的封贡体制之下,通用或部分通用中国历法,每年由中原朝廷颁赐历本供各国各地区使用,或默认有些国家或地区依据中国历法编出各自的历本,此即所谓的"颁正朔"(上对下,中对外)或"奉正朔"(下对上,外对中),是东亚传统国际秩序的象征之一。

徐兢《宣和奉使高丽图经》卷四十《同文》"正朔"条云:"唐刘仁轨为方州刺史,乃请所颁历及宗庙讳,曰:'当削平辽海,班示本朝正朔。'及战胜,以兵经略高丽,帅其酋长赴登封之会,卒如初言。"——所谓"班(颁)示本朝正朔",正是征服和统治的象征。元朝新撰《授时历》成,颁赐天下,"布告遐迩,咸使闻知"(《高丽史》卷二十九《忠烈王世家二》载元帝致高丽国王诏书)。朱元璋登基伊始,也遣使于周边各国,要求朝贡,给予册封,并颁赐《大统历》,以重整东亚世界的时间秩序。《明史·外国传》中,记载了洪武朝赐《大统历》于高丽、朝鲜、安南、日本、琉球、占城、真腊、暹罗、爪哇、三佛齐、须文达那、西洋琐里、琐里等国之事,其他没有明确记载赐历之事的朝贡国,也可以类推。永乐时郑和七下西洋,所至颁中华正朔,宣敷文教,没少颁赐历本给沿途各国;只有到了信奉伊斯兰教的地区,才尊重当地回历,不颁中华正朔。而有些国家朝贡中国时,也会得到中国的历本。《明实录》中,差不多每年都记载了颁赐《大统历》于各国之事。

当然,有时候臣下为了拍皇帝马屁,也会"谎报军情",把明明没有"奉正朔"的地区,也说成是已经奉了正朔。如唐僧玄奘的《大唐西域记序论》说,连印度也"咸承正朔,俱沾声教",就明显是子虚乌有之事。

而"正朔不加",则是"不臣",亦即不以之为臣之意,表示对方资格不够,不值得中国费心,纳入中国的时间秩序。"其地不可耕而食也,其民不可臣而畜也,是以外而不内,疏而不戚,政教不及其人,正朔不加其国。"(《汉书·匈奴传下》)"单于非正朔所加,故称敌国,宜待以不臣之礼,位在诸侯王上。"(《汉书·萧望之传》)

这里必须说明的是,"正朔"在中国人的概念里,不仅包括中国的历法,还包括中国的年号(纪年)。对于中国人来说,这是二而一的事情;但是在周边各国,二者却或分或合,呈现出比较复杂的样相。所以,要说"颁正朔"或"奉正朔",本应是包括历法与年号的,但实际上却未必如此。

古代东亚各国虽于中国年号或奉或否,但于用中国历法并无二致。也就是说,政治上对中国或顺从或强项,但在时间秩序上则高度一致。行用中国历法,可以说进入了中国的时间秩序,表现出对于中华文明的认同;而只有同时使用中国年号,才可以说意味着政治上的臣服,二者间还是有所区别的。

三、基于中历的东亚传统节日

历史上东亚各国采用了中历以后，中国的节日、风俗就很容易传过去了，正如今天我们采用了西历，西洋的节日、风俗就很容易传过来。古代东亚世界用的是中国的历法，纳入了中国的时间秩序，所以，那时候它们的节日跟中国是一样的。

现在的东亚各国各地区，除日本外，法定纪念日大抵依照西历，传统节日则大抵仍依中历。东亚地区现存的传统节日大都与中国的相同，它们过去曾是东亚世界的共同节日，现在也还是若干东亚国家或地区的"保留节目"，可以看作是中国岁时文化影响的产物，悠久地使用中历传统的回声。

仅就中历新年（春节）来说吧，这是中国最大的传统节日。而由于中历在历史上曾经是东亚世界的通用历法，所以过中历新年的国家和地区不止中国一个。春节是中历岁首，本来叫"元旦"，自从中国采用了西历，"元旦"用于西历岁首以后，1914年起才改叫"春节"的。所以，"春节"其实与"春"没什么关系。有人忘了"春节"的来历，以为仅与"春"有关，而又嫌每年在西历中的日期不固定，所以建议改到立春来过春节，这真是数典忘祖了！

也正因此，"春节"在英语里，不应该翻译成"Spring

Festival",而应该翻译成"Chinese New Year"。事实上,后者也比前者历史悠久得多。"Chinese New Year"1704年首度见诸文献,现身于英国古书《行旅集》(*A Collection of Voyages and Travels*)。"Spring Festival"1917年才首度露面,刊印在英文版的《京报》(*Peking Gazette*)上,应是对于1914年起中历新年易名为"春节"的呼应,却也遮蔽了其"Chinese New Year"的本义。二词分别在整整三百年和百年后,于2017年增补入《牛津英语词典》(*Oxford English Dictionary*)。

不过,"Chinese New Year"这一译法,在古代虽说全无问题,但在现代,有时也会引起意想不到的麻烦。比如据说当西洋人向华人祝贺"Chinese New Year"时,同样也过中历新年的中国周边地区的人,就会对其中的"Chinese"感觉异样,有时甚至还会提出抗议说,全球过这一节日的不止华人,何以只称"Chinese New Year"?坚持要求西洋人改称"Lunar New Year"(阴历新年),浑然忘却了这一节日本来就是来自中历的,中国周边地区的人也过这一节日,就是因为历史上他们也曾经使用中历;更何况中历绝不是"阴历",又怎么能说"Lunar New Year"呢?回历新年才是"Lunar New Year"吧。

正因如此,为"中历"正名已到刻不容缓的地步,否则名不正则言不顺,连"Chinese New Year"也会招致异议了——但如果连我们自己都称"阴历"了,那又怎能怪别人不称"Chinese New Year"而称"Lunar New Year"呢？

　　2020年末，中医药国际标准的英文名称"Traditional Chinese medicine"，在同样反对称"Chinese New Year"的人的反对声中（他们要求去掉其中的"Chinese"），经过多年的艰苦努力和说服工作，终于得以获得多数票通过，正是一个鼓舞人心的消息和榜样。

四、从中历到西历

　　进入近代以后，东亚各国纷纷"脱亚入欧"（实际上是"脱中入西"），其标志之一，便是弃中历而改用西历，弃年号（纪元）而改用西元（除日本外）。其实质，就是放弃中国的"时间秩序"，进入西洋的"时间秩序"，脱离中国的"时间主权"，从属于西洋的"时间主权"。

　　西历就是西洋历法（近代以前曾以"西历"称回历，这里取其今义），在中国又称"新历""阳历""公历"，但都不确切。早期的西历由古希腊人发明，不是很合理，希罗多德（前484—前430/前420）的《历史》就曾指出其缺陷，认为不及埃及人的历法。后来的西历经过了改良，先有西元前45年起用的"儒略历"（西历旧历），后有1582年起用的"格里高利历"（西历新历）。

　　西历是太阳历、纯阳历，只反映太阳变化，不反映月亮变化（潮汐变化），适合农业，不适合渔业和航海，这是它的一个缺陷,也是其不及中历之处。

与西历密不可分而又后于西历产生的,是西元。所谓"西元",其本义是"耶元",由号称英国第一位学者、神学家、史学家比德(Bede,673—735)创立。他在《时间之性质》一书中,发展了基督教史学奠基者攸西比厄斯(Eusebius,约260—340)的纪年法,提出以传说中的耶稣基督诞生之年(其实这是始终都弄不清楚的)为元年,之前为"基督以前"(Before Christ,缩写为 B. C.),亦即现在常说的"西元前"(公元前),之后为"主之生年"或"我主纪年"(Anno Domini,缩写为 A. D.),亦即现在常说的"西元"(公元)。在比德自己的著作如《英吉利教会史》中,即采用了这种纪年法,中译本分别译为"主降生前""主历"(一说西元 525年,教会史家狄奥尼修斯推断耶稣生于古罗马纪元 754 年,遂定该年为基督元年,也就是西元元年)。这种纪年法先是逐渐成为基督教国家的通用纪元,后来随着近五百年来西方的称霸世界,而逐渐被世界上大多数国家所采用。

在东亚,原来使用传统中历的日本,在明治维新后全面改弦更张,在东亚各国中率先改用西历,且"仿西人以耶稣降生纪元之例,又以神武即位之元年辛酉(前 660)为纪元之始……尔后凡外交条约、内国政典,每冠以是称"(黄遵宪《日本国志》卷首《中东年表》)。这是东亚"时间秩序"改变的标志,也是传统"东亚世界"崩溃的象征。

1879 年琉球被日本吞并后,琉球也被迫改用西历。

　　朝鲜末期的 1895 年末，以当年中历十一月十七日为西历 1896 年 1 月 1 日，从此，朝鲜半岛告别了已使用了约两千年的中历，开始使用西历。同时采用西纪（西元），兼用"檀君纪元"（以前 2333 年为元年）。

　　越南改用西历的具体日期不详，应在 19 世纪末，即法国殖民统治开始以后。就像历史上把中国历法改称为越南历法一样，据说越南现已把传统中历改称为"越历"了。这也是一个充分的理由，我们该把中国历法正名为"中历"（或"华历"）了，而不宜再"夏历""阴历""农历""旧历"地随意乱叫，否则人家拿去一申遗，我们又该追悔莫及了！

　　1912 年，随着民国的建立，中国本土也弃用中历，改用西历。孙中山就任中华民国临时大总统后，宣布将黄帝纪元 4609 年十一月十三日（西历 1912 年 1 月 1 日）作为中华民国元年元旦，停用黄帝纪元，西元和民元并行，历法采用西历。1914 年，又移中历岁首"元旦"之名于西历岁首，中历岁首改称"春节"，此后沿用至今。1949 年中华人民共和国建立后，仍用西历（称"公历"，但并未废除中历），不建年号，而用西元（称"公元"）。

　　从 1873 年日本率先改用西历，到 1879 年琉球被日本吞并后被迫改用西历，到 1896 年朝鲜半岛改用西历，到 19 世纪末越南改用西历，到 1912 年中国本土最终改用西历，短短四十年间，东亚各国完成了从中历到西历的转变，陆续放弃中国的"时间秩序"，进入了西方的"时间秩序"，脱离了中国的"时间主权",从属于西方的"时间主权"。

在讨论东亚各国的改历时,似有必要参考西方的视角。早在 17 世纪末,法国耶稣会传教士李明(Louis Le Comte,1655—1728)的《中国近事报道(1687—1692)》(*Nouveaux mémoires sur l'état présent de la Chine* 1687 - 1692)就已经指出,对于悠久的中国历史而言,《圣经》的日历也是不够用的:"甚至拉丁文《圣经》为我们划分的时间,对于验证他们的年表也是不够长的。"二百多年后,法国作家谢阁兰(Victor Segalen,1878—1919),在其散文诗集《画》(*Peintures*,1916)的《帝王图》"西汉的禅让"里,用中国历史的悠久和耶稣纪元的滞后,讽刺了用耶稣纪元定位中国历史的荒诞:"倘若你们当中哪位心生好奇,想知道华夏历史的这个关头对应着蛮人历史中的哪一刻,我就告诉他,在王莽乱政的时代,西方诞生了一个圣人,从此被罗马人奉为唯一的真神与保护神:这就是耶稣。此后,这些不臣于华夏的蛮夷便以耶稣的生年为起点计算宇宙纪年。(这使他们有时不得不倒着数;说什么第一个朝代,古老的夏朝,起始于'时间开始前两千两百零五年'!)他们就这样让绵亘的时间之流在此处断了片刻。"也就是说,所谓"西元",把悠久连贯的中国历史分割为西元前和西元后,对中国人来说很荒诞。连西儒都觉得荒诞的"西纪""西元",我们也的确应该好好反思了。

此外,这种纪年法似也不宜称为"公元",而宜如港台地区那样称为"西元"，或如日韩等国那样称为"西纪"；相应地，"西历"也不宜称为"公历"。整个东亚地区，除中国大陆外，其实都称"西历""西元"或"西纪"，而不称"公历""公元"。正如上文所举各例所示，早期在华西人也称"西历"。顾名思义，"公历"即是世界通用的历法，"公元"即是世界通用的纪元——通过加上"公"这个具有"普世"意义的字，我们无形中奉"西历"和"西元"为"世界正统"。现在到了应该拨乱反正的时候了。当务之急，我们既要为"中历"（或"华历"）正名，也应让"公历""公元"回归"西历""西元"。

又，一般认为，中历的"缺陷"是不使用连续纪元，导致历史坐标不清晰。这或与中国传统社会重循环思维、轻直线思维有关。但中历并非不能使用连续纪元，比如历史上就有过黄帝纪元、盘古纪元等，而只要有需要，我们也完全可以创立一个"中华纪元"。而待将来世界大同以后，我们更可以创立一个超越各种文明的属于全人类的共同纪元，比如以四万年前那个非洲大妈走出非洲那年为人类纪元元年——那才会是真正的"公元"！

古代东亚的"时间主权"在中国，现代世界的"时间主权"在西方，未来天下的"时间主权"应属于全人类。

延伸阅读：

邵毅平《东亚古典学论考》，上海，复旦大学出版社，2021年。

附　录
各讲义讲授刊载情况一览

代序　科隆大教堂尖塔上

　　本文原载 2020 年 4 月 1 日《新民晚报》"夜光杯"专栏，为牛竞凡主编《大学语文读本》代序，西安，陕西人民出版社，2020 年。

第一讲　大美诗篇：《诗经》与我三千年

　　本讲义 2018 年春讲授于"一条"音频课程《从〈诗经〉到〈红楼梦〉》，2022 年 7 月 4 日、2023 年 5 月 28 日讲授于福州路艺术书坊，2023 年 8 月 28 日讲授于虹口区图书馆。本讲义依据同题拙稿，原载 2018 年 5 月 6 日《新民晚报》"国学论谭"版，收入《从〈诗经〉到〈红楼梦〉》，北京，中信出版社，2018 年。

第二讲　轻与重：昆德拉与宣太后

　　本讲义 2023 年春季学期讲授于复旦大学附属中学。

同题拙稿原载 2015 年 9 月 20 日《新民晚报》"国学论谭"版，续有增补，增补稿收入拙著《今月集：国学与杂学随笔》，上海，上海文化出版社，2018 年。本讲义依据增补稿。

第三讲 "春申君相楚"与"经理切火鸡"

本讲义 2021 年秋季学期讲授于上海中学，2023 年春季学期讲授于上海南洋模范中学。同题拙稿原载 2015 年 3 月 22 日《新民晚报》"国学论谭"版，续有增补，增补稿收入拙著《今月集：国学与杂学随笔》。本讲义依据增补稿。

第四讲 《兰亭集序》的世界

本讲义 2023 年春季学期讲授于上海南洋模范中学。本讲义依据拙稿《〈兰亭集序〉与〈兰亭记〉：对时间的永恒焦虑》《〈兰亭集序〉与"曲水流觞"：东亚共同的文学仪式》，二文分载 2010 年 2 月 28 日、2008 年 10 月 12 日《新民晚报》"国学论谭"版，收入拙著《今月集：国学与杂学随笔》。

第五讲 发誓的文学史

本讲义 2023 年春季学期讲授于上海南洋模范中学。本讲义主要依据拙稿《〈上邪〉：发誓的文学史》，原载 2014 年 2 月 23 日《新民晚报》"国学论谭"版，续有增补，增补稿收入拙著《今月集：国学与杂学随笔》；同时依据拙著《诗骚百句》之《最浪漫的事》，南京，译林出版社，2018 年。

第六讲　葬花三章

本讲义 2023 年春季学期讲授于上海南洋模范中学。本讲义依据同题拙稿,原载 2023 年 5 月 7 日《新民晚报》"国学论谭"版。

第七讲　情场与战场

本讲义 2023 年春季学期讲授于上海南洋模范中学。同题拙稿收入拙著《今月集：国学与杂学随笔》。续有增补,本讲义依据增补稿。

第八讲　雪月花时最忆君

本讲义 2023 年春季学期讲授于复旦大学附属中学、上海南洋模范中学。同题拙稿原载 2011 年 11 月 1 日《文汇报》"笔会"版,略有删节;全文收入《仰止集——王运熙先生逝世周年纪念集》,上海,上海古籍出版社,2015 年;续有增补,增补稿收入拙著《东亚古典学论考》,上海,复旦大学出版社,2021 年。本讲义依据增补稿。

第九讲　母亲的缺席与在场

本讲义第一、三、五节 2022 年秋季学期讲授于上海南洋模范中学,2023 年春季学期讲授于复旦大学附属中学。本讲义依据同题拙稿,其中第一、三、五节原载 2022 年 10 月 30 日《新民晚报》"国学论谭"版,第三、四节分别以《母亲终于在场》《母亲始终在场》为题,收入拙著《中西草:我的欧陆文学逍遥》,上海,上海文化出版社,2023 年。

第十讲　西洋的幻象

本讲义 2021 年 5 月 22 日讲授于上海图书馆,2023 年春季学期讲授于复旦大学附属中学。本讲义依据拙著《西洋的幻象》,上海,上海文化出版社,2021 年。本文为该讲义内容之要略,原载 2021 年 6 月 9 日《澎湃新闻》"思想市场"栏。

第十一讲　她们辜负了文学

本讲义 2023 年春季学期讲授于复旦大学附属中学。同题拙稿 2022 年 5 月 8 日发表于公号"牛为什么是圆的"。续有增补,本讲义依据增补稿。

第十二讲　一万年:建筑与文字

本讲义 2019 年春季学期讲授于复旦大学附属中学,2021 年秋季学期讲授于上海中学,2022 年春季学期讲授于上海南洋模范中学。同题拙稿原载 2012 年 9 月 9 日《新民晚报》"国学论谭"版,收入《谢阁兰与中国百年:从中华帝国到自我帝国》,上海,华东师范大学出版社,2014 年;法文版《 Aux dix mille années 》,原载法国 *Cahiers Victor Segalen*, numéro 3, *Lectures chinoises de Victor Segalen*, 巴黎,Honoré Champion 出版社,2017 年;续有增补,增补稿收入拙著《东洋的幻象》第二版，北京，商务印书馆，2018年。本讲义依据增补稿。

第十三讲　"大英""远东"与"话语主权"

本讲义 2020 年 6 月 2 日讲授于复旦大学通识教育课"似是而非"第二轮，2021 年 6 月 8 日讲授于复旦大学教务处党课，2022 年春季学期讲授于复旦大学附属中学。本讲义依据拙著《胡言词典：关于外来语和流行语的另类解读》（合集版增订本），上海，中西书局，2019 年。本文为该讲义内容之节选，前二部分原载 2021 年 7 月 7 日《澎湃新闻》"思想市场"栏。

第十四讲　中历、西历与"时间主权"

本讲义 2019 年 10 月 8 日讲授于复旦大学通识教育课"似是而非"第一轮，2022 年春季学期讲授于复旦大学附属中学。本讲义依据拙稿《中国岁时文化在东亚》，收入拙著《东亚古典学论考》。本文为该讲义内容之要略，原载 2021 年 9 月 2 日《澎湃新闻》"思想市场"栏。

后　　记

　　本书是岳麓书社版拙著《如何阅读文学经典》(2023)的姐妹篇,同是我在沪上高中名校讲授微课(半学期短课程)"中国文学特别讲义"的讲稿。五六年下来,我一共讲授了二十余个专题,每个专题内容多寡不一,分别讲授一至数堂课不等,岳麓版和复旦版各采用了其中的十来个专题。岳麓版以"如何阅读文学经典"为书名,复旦版径以我的微课名为书名;岳麓版由策划者全程录音,再依据录音稿整理成文,所以相对具有现场感,复旦版直接采用了作为讲稿基础的拙文,所以更为简明扼要些。以上是关于我微课讲义二书的异同,有兴趣的读者可将二书参互观之。

　　我讲的这些专题,涵盖中国文学各时代、各领域、各文体,都是我长期以来读书治学的心得体会,曾分别讲授于海内外各大学,收获过会心人的嘤鸣之乐;现在带给沪上高中名校的学生们,希望在传授具体知识之余,进而打开同学们的眼界和思路,让同学们了解文学研究的学术前沿,感受文学研究关心怎样的问题,运用怎样的研究方法和手段,并为语文课教学提供一些参考。

　　我的微课之所以称为"中国文学特别讲义",是因为我上的不是概论课、通论课,而是有关自己读书治学心得的专题课,所以借用了日本大学课程的名目。我给高中生们讲课的指导思想,并不在于一般地传授文学知识,或做一些文学经典的普及工作,而是教他们面对文学经典时,如何摆脱人云亦云的思维惰性,不止于贴个标签了事,始终秉持独立思考的精神,自己去质疑、分析和探索,培养敏锐的感受力和洞察力,最终成为一个"高明的读者"。简言之,我并不想走流行的"通俗化"之路,而是希望带着同学们细读文学经典,锤炼思维能力,碰撞思想火花,一起收获艰辛探索的乐趣。与此同时,我也希望能在应试教育之外,打开一扇透气的窗户,涵养学生的宝贵心灵,在科学的重压之下,给文学留一席之地,丰富学生的精神世界。在具体方法上,我通常会选择比较小的切入点,大处着眼,小处着手,层层深入,抽丝剥茧,最后得出比较具有普遍性的结论,以引导学生形成踏实而严谨的学风。

　　各讲义在本书中的排列顺序,大致依据所涉文本的时代,而与实际讲授时间无关。各讲义讲授的时间地点,讲稿所依据的拙文拙著,均一一注明于附录之中。至于《大美诗篇:〈诗经〉与我三千年》,仅做过社会性讲座,并未在微课上讲过,只是因为内容相近,也一并收入了本书。此外,我曾为牛竞凡君主编的《大学语文读本》写过一篇代序,其中表达了我对语文(文学)的功用、力量和意义的理解,或也可供读者参考,故又移来作为本书的代序。

　　复旦大学出版社的宋文涛先生得知我的这些微课讲义后,以一个中学生家长的身份,敏锐地捕捉到了其中的意义,建议我把它们交由他出版。对此我当然是无条件接受的,并对他的编辑工作致以衷心的谢意。

邵毅平

2023 年 5 月 22 日识于沪上圆方阁

图书在版编目(CIP)数据

中国文学特别讲义/邵毅平著.—上海：复旦大学出版社，2023.8
ISBN 978-7-309-16930-0

Ⅰ.①中… Ⅱ.①邵… Ⅲ.①中国文学-文学研究 Ⅳ.①I206

中国国家版本馆 CIP 数据核字(2023)第 132266 号

中国文学特别讲义
邵毅平　著
责任编辑/宋文涛

复旦大学出版社有限公司出版发行
上海市国权路 579 号　邮编：200433
网址：fupnet@ fudanpress. com　http://www.fudanpress.com
门市零售：86-21-65102580　　团体订购：86-21-65104505
出版部电话：86-21-65642845
上海盛通时代印刷有限公司

开本 787×1092　1/32　印张 5.875　字数 108 千
2023 年 8 月第 1 版
2023 年 8 月第 1 版第 1 次印刷

ISBN 978-7-309-16930-0/I·1363
定价：48.00 元